中公文庫

夜に猫が身をひそめるところ

ミルリトン探偵局

吉田　音
吉田篤弘絵

中央公論新社

目次
Contents

イラスト
吉田篤弘

装幀・レイアウト
＊
クラフト・エヴィング商會
［吉田浩美・吉田篤弘］

夜に猫が身をひそめるところ
Think

*

ミルリトン探偵局

0
ミルリトン探偵局ができるまで

わが家のお茶の間には大黒柱があって、そこに、いつからか「ミルリトン」と書かれたメモ帳の切れはしが貼りつけてある。

母の字だが、母の字にしては、めずらしく大きな字だ。

母はわたしと違って手のひらが小さいので、書く文字も小さくなる。筋金入りの鍵っ子であるわたしへの置き手紙も、いつもこんなぐあいだ——。

おん様

本日、おやつは特製ドーナツなり。

心して食せよ。

いつものとおり、はいちょうの中に2個あり。

虫眼鏡で覗《のぞ》き込みたくなるような字だ。

ところがどうして、柱の「ミルリトン」はずいぶんと大きく躍っている。

なぜか?

この「ミルリトン」というのは、どうやら西洋菓子の名前であるらしい。

わたしは見たことも食べたこともないが、母は強い口調で、

「この世で・いちばん・おいしい・お菓子!　らしい」

と、なぜか険しい顔をする。それにしては、「らしい」と語尾が弱まるのは、母もこの「ミルリトン」なるお菓子を目にも口にもしたことがないからだ。趣味で集めている古い料理読本の中にその名を見つけたらしい。なにかと本を読み上げる癖のある母は、どこからかそれを、さっと取り出してきて、「ミルリトン」について書いてあるくだりを、妙にしみじみとした調子で読み上げた。

「……ミルリトンはフランスのルーアンに伝わる昔ながらのお菓子であります。よく練り上げたパイ生地を丸い舟形にし、中にチャツネとアーモンド・ソースを閉じこめて、

とびきり香ばしく焼き上げるのでございます。シンプルではありますが、まさにこれ絶品。もうこれ以上のものはないのでございます……」

そこで母は、わたしの顔をじっと見て、「どうよ？」とつけ加えた。

「このとおり、レシピだって手に入れてあるんだから」

両手を腰にあてがい、母の顔はいよいよ険しい。眉間にたて皺まで出ている。

「でもね、あんた――」

母はわたしのことを「おん」と名前で呼んでくれることもあるが、目の前にいるとなれば、たいていは「あんた」で済まされる。

「一度も食べたことのないものの出来ぐあいを、どうやって判断したらいいと思う？」

母の説はこうである。

1.「ミルリトン」というのは、ものすごくおいしいものだという。絶品らしい。

2.しかし、食べたことはない。

3.レシピは入手してある。作るのは可能だ。

4. 問題は、出来上がったものが、この世で三十六番目くらいのおいしさであったら、どう考えるべきか？ である。
5. この場合、「ミルリトン」の真実は「三十六番目」なのか？
6. それとも、料理人の腕が鈍いだけなのか？
7. いずれにしろ、料理人としては、なんだか面白くない。

「だから、ミルリトンってものを、一度、よそさまで食べてみないことにはね、と思ってはいるんだけど、このあたりのお菓子屋さんでは見当たらないのですよ」

というわけで、母もわたしも、まだ「ミルリトン」なるものを見たこともない。

しかし、「忘れちゃならぬミルリトン。もしや、世界一の美味かもしれぬのだから」と、その名が大黒柱に貼りついている——とまぁ、そういう次第なのである。


「ミルリトンってなんですか？」

わが家の茶の間に通されたお客様は、大黒柱の貼り紙を眺めながら、やはり怪訝《けげん》そうな険しい顔になる。

「それがですね――」

母は重大な発見を打ち明けるかのように、先ほどの1から7を繰り返す。たいていの人は、「ふうん」と急速に興味を失うが、中には、「なるほどなるほど」と、なぜか声をひそめて幻の菓子談議にはまってしまう方もいる。


わが家のもうひとつの大黒柱である父はと言えば、のんきな調子で、『いつになったらミルリトン』なる自作の鼻歌をそよがせたかと思うと、

「しかしなぁ、もしもだよ、ある洋菓子屋で、ついにミルリトンを発見したとしても、そいつを作った菓子職人の腕前がどれほどのものなのか、という話でもあるわけだ」

と新たな問題提起をし始めた。

わたしは、段々、ばかばかしくなってくる。

父も母もいつもこんな調子で、どうでもいいようなことに限って、ああでもないこうでもないと際限なくやっている。

たとえば――、

「どうも、このなんだよ、ここんところ、舌鼓《したつづみ》ってものが聞かれなくなったと思わんか？」

「たしかに」

「食いもんのせいなのかな？」

「そうね、昔と違って、近ごろの子は、すっかりナイフにフォークですからね」

「たしかに、ハンバーガーだのスパゲッティだのでは、舌鼓が打ちにくいってもんだ」

「ところで、あの舌鼓ってものは、いったいどんな様子の鼓なんでしょう？」

「うまいこと鳴らすと、じつに大きな音が出るけど――たぶん、小さいんだよ」

「じゃあ、近ごろの子たちは、舌のうらっかわに、そうしたいい感じの太鼓が隠されてるのを知らないんでしょうねぇ」

「なにしろ、小さいからねぇ」

　こうした会話が高じてくると、やがて母は小さな小さな「舌鼓」の絵を描き始める。乗じて父は、「はたして舌鼓とはなんぞや？」と大真面目に語り出し、ついには、「舌鼓」をめぐる物語まで作ってしまう。そうして、いよいよ収拾がつかなくなってきたところで、出版社の方たちがあらわれ、「本にまとめましょう」という相談になる。

これが父と母の職業だ。変な名前の屋号まである。

中学の友人に、郵便受けの隅にひっそりと書かれたその屋号を目ざとく見つけられ、

「音《おん》のうちはどんな商売？」

と訊《き》かれたのだが、

「さぁ？ときどき、おかしな本を書いたりしてますけど」

と口ごもりつつ答えておいた。これは、わたしが父に同じ質問をしてみたときの答えそのままなので、よく分からないけれど、まぁ、たぶんそんなところなのだろう。

わが家は東京の中でもあまり目立たない町の片隅にある。町には可愛らしい小さな駅があり、二両編成のガタゴトと音をたてて走る路面電車がのんびりと行き来している。切符なんてものはなく、料金箱に小銭を放り込むだけだ。小銭が涼しい音をたてると、電車の方もチリンとベルを鳴らして発車する。

「このあたりは、夕方になると、昔となんら変わらない時間が戻ってくるみたいだ」

と、この町に生まれ育った父は、「ガタゴト」や「チリン」まで愛おしそうにする。

わたしは駅前の人形焼屋が好きだ。いつでも香ばしい甘い匂いがただよっていて、姿勢のいい白髪《はくはつ》のおばあちゃんが、白い割烹着を着て、店先から町の人々を眺めている。

それと、もうひとつ――。

この町には、とにかく猫がたくさんいる。猫好きのわたしは、彼らと挨拶《あいさつ》を交わすのが何より愉《たの》しい日課だ。

この町には小さな路地がいくつもあり、その路地ごとに、小さいのやら、でぶったのやら、白い子、黒い子、縞々の子――と次々とあらわれては消えてゆく。町の皆さんは、寝食が定まっていない野良猫たちにとてもやさしい。夕方になると、どこからともなく、キャット・フードを手にしたおばさんが路地にあらわれ、あちらこちらの野良くんが、音もなくいっせいに集まってくる。いったい、どこに隠れていたのやら。ひとしきり食べ、満足げな顔つきになった名無しの三毛やらトラやらが、おばさんの退場とともに、ばらばらと消えていくのを、わたしは不思議な思いで見送っている。

この夕方の青い空気がたちこめる路地の向こうの、どのあたりへ彼らは消えてゆくのか。彼らが人目を忍び、おだやかに身をひそめる場所は、いったいどこなのか？
ミルリトンに舌鼓を打つことより、わたしには、こちらの方がよっぽど興味深い。

「そりゃあ、丸山の森だろうな」と父は言う。

丸山の森というのは、わが家から歩いて十分ほどの〈丸山公園〉のことだ。路面電車の駅からぶらぶらと歩いてゆくと、さまざまな樹々が密生した小高い丘があり、春先には梅が、そして春の盛りには桜が満開になる。緑に囲まれたテニスコートがあり、小さな区営プールがあって、広々とした草野球のグラウンドがある。そして何より、子供たちがどろんこになって遊ぶための解放区がある。

じつは、男の子にも負けないほどのワンパク少女であったわたしは、およそ十三年間にわたる人生の大半をこの森で過ごしてきた。もっとも、このごろは木登りをしに行くのではなく、もっぱら、公園の端にある図書館へ通っているのだけれど——。

不思議にも、この森では猫の姿を見かけたことがない。

「ああ。たしかにね」と母も頷いている。

父と母の仕事場は、わが家から見ると、ちょうど丸山の森をへだてた向こう側にあり、二人は歩いて二十分ほどの距離を、森を横切るように出勤してゆく。

「なるほど、たしかに行きも帰りも猫の姿は見たことないね」

と父も腕を組んだ。

「アンゴに訊いてみたらどうだろう?」

家族三人の視線が、茶の間の隅で腹を出し、気持ちよさそうに眠りこけているトラ猫に集まった。

アンゴはおそれ多くも、あの坂口安吾のアンゴで、言われてみれば、どこか顔つきが似ていなくもない。

フルネームは大谷《おおや》アンゴ。

うちの猫であるなら、吉田アンゴとなるべきところだが、うちの茶の間でひっくりかえってはいるものの、こやつ、じつのところ、うちの猫でない。

大谷さんというのは、うちの大家さんのお名前で、冗談のようだけれど、大家の大谷さんなのである。アンゴは本来、大谷家の愛猫であった。

大谷家には、アンゴの姪《めい》にあたる「さくら」という雌三毛もいるのだが、そこへさらに目を赤く腫らした哀れな野良がころがりこんできた。

これは「フーテンのフーちゃん」と皆に呼ばれていた白毛に黒がちょいちょいとまぶされた小さな雄猫で、少し前からあたりをうろうろしていたのだけれど、冷たい雨が降る夜に、大谷家の軒下で痩《や》せて震えて、それでも必死に声をあげていた。

大谷家のおじさんもおばさんも、江戸っ子の口調で、

「しょうがないねぇ。うちはもう定員オーバーだよ」

と苦い顔をしたのだが、目をうるませてピイピイ鳴きながら見上げる様子に情が移ったのだろう、この雨の夜、彼はとうとう大谷フーと認定されることになった。

それはそれでよかったのだけれど、どうしたものか、大谷アンゴが大いにへそを曲げてしまった。新入りのフーが皆にちやほやされるのが、古参としては気に入らないのだ。

大谷家とわが家とは庭をひとつへだてただけの距離だから、アンゴは、〈すいませんが、ちょっとだけ泊めてもらえませんか〉といった感じで、しばしばうちへやって来た。

それがそのうち、でんと居座ったまま、大谷家に帰らなくなってしまった。

「庭ひとつぶんの家出か」

皆で笑ったが、アンゴにとってこの庭は、居場所が見えなくなった荒野のようであったのかもしれない。

きっと、猫には猫にだけ見える風景があるのだ。


しかし、アンゴにとっては「さすらいの荒野」かもしれないが、その他大勢の猫たちには、この庭がちょっとした十字路にでもなっているらしい。朝から晩まで、ひっきりなしに、ミケ、クロ、トラ、シロ、ブチ、ミケ、クロ、トラ、シロ、ブチ――と通過してゆく。ちょこまかしたのもいれば、おっとり横ぎっていくのもいて、何があったのか、延々と鳴き叫んでゆくのもあれば、（ちょいと昼寝なんぞしたりして）と陽のあたる一角にまどろむのもいる。

そうした中に、最近、注目の新人――新猫というのか――があらわれた。

真っ黒で、まだ小さいけれど、なかなか姿かたちがいい。黒いからそう見えるのか、どんなに狭いすき間でも、すいすいと抜けてゆく。すいすいと抜け、またどこからか、するするとあらわれ、かと思うと、庭のまん中あたりに立ちどまって、目を閉じたまま何やらじっと考え込んでいる。

大きな瞳が隠れてしまうと、本当に真っ黒なかたまりでしかなく、ぴりぴりと動くヒゲの様子から、まるで、何か呟いているように見えなくもない。

なんだろう？

考える猫か——。

少しあとになって、この「考える猫」が、円田《つぶらだ》さんの家にいるのを見つけて、つい笑ってしまった。

やはり、「考える猫」は「考える人」のところに居つくものなのか。

「考える人」である円田さんは、父の古くからのお友達である。やはり、何をしているのかよく分からない人だ。丸山の森にほど近い古風な洋館にひとりきりで暮らしていて、部屋数はそんなにないけれど、どの部屋にも本棚がたくさんあって、見知らぬ本がみっしりと詰め込まれている。

わたしは読みたい本が図書館で見つからないときは、足をのばして円田さんの本棚を見せてもらいに行く。でも、本より円田さんの話の方がめっぽう面白く、結局、本のことはすっかり忘れて帰ってくるのだけれど——。

父が言うには、

「彼は学者が本職だけど、じつのことを言えば、本物の名探偵なんだよ。ずいぶんとややこしい事件をいくつも解決していて——警察の——なんだっけ？——指紋とか調べたり床に落ちた髪の毛を採取したりする人——ああ鑑識だ。その鑑識員をしている叔父さんという人がいてね、叔父さんから事件のあらましを聞くと、あとはちょっとした捜査資料なんかを見て、じつに鋭い推理をしてみせるらしい。あの若さでさ」

いえ、若いといっても、たしかもうすぐ三十五歳になるはず。

わたしの知っている円田さんは、いつも何かを考えているような人ではあるけれど、お腹がすくと、どこからか甘食かなんかを出してきて、机の上にひろげた本の上にポロポロとこぼしながら不器用に食べたりする人だ。

「いや、安楽椅子探偵っていうんだよ、彼のようなのをね」

父はいつになく真顔になり、

「彼の事件簿は、そのまま推理小説の傑作になるだろうね」

と、まるで自分の手柄のように得意げな顔になった。

いずれにしても、円田さんが大変に物知りであることは間違いなく、難しい漢字などもすぐに書いてみせる。

「罅《ひび》」とか、「蟀谷《こめかみ》」とか。

ただ、少しばかり思い入れが強くなると、話がどんどん訳の分からない方へ脱線してゆくのが玉に瑕《きず》だ。そうしては、腕を組んで考え込んでいる。それも、このごろは、「考える猫」について、円田さんはしょっちゅう腕を組んでいる。

「円田さん、また腕組みですか?」とお訊《たず》ねすると、

「いや、シンクがね——」と件《くだん》の黒いちび猫の方を見る。

わたしが、この黒ちびを「考える猫」などと呼んでしまったものだから、円田さんは、この猫に「シンク」と命名していた。

「シンクって言うと、みんな〈真紅〉のことだと思うらしくて、冗談でつけたのかと誤解されてしまうんだけど――」

円田さんはその名前が気に入っているらしい。

「ただ、考えるのが、猫じゃなくて飼い主の方ばかりになってしまったのは、僕としても予想外だったけどね」

そのあたりを、もう少し詳《くわ》しく訊いてみると、

「こいつは、もともと野良育ちだからさ、夜おそくなると散歩に出たがる。それはまぁ、いいんだけど、ご帰還あそばすのに必ずおみやげを持参するんだよ」

おみやげ？

「なにかしら口にくわえてきたり、体のどこかに変なものをくっつけてきたり。黒いから、すぐに分かる」

そういえば、うちのアンゴも夜中に出かけていくけれど、帰りは手ぶらだ。

わたしは、シンクをあらためて観察してみた。彼――男の子なのだ――は、飼い主に似て本が好きなのか、床に散らばった本を枕がわりにしてお昼寝中である。円田さんの

家にやって来て、かれこれ一カ月半が過ぎようとしているけれど、いつ見てもこうだ。

それにしても、彼の「おみやげ」とは、どんなものなのか？

「いや、それがね――」

円田さんは机の引き出しの中を探り、白い紙にくるまれた小さなものをいくつも取り出してきた。

「これが、そのおみやげなんだけど」

ひとつひとつ包み紙をほどいて机の上にひろげると、並んだのはどれも同じもので、小指の先ほどの青く丸いものが、ひとつふたつと数えていくと、全部で十六個ある。

「これはいったい、なんだと思う？」

さぁて、なんでしょう？

「ボタンなんだよ。ちゃんと記録もとってあるんだけど、この最初の一個を持ち帰ったのが四月の二日。朝方に帰ってきて、何か口にくわえているな、と思ったらこれだった。それから毎日のようにひとつずつ持ってきて、ひと月たらずでこんなになったんだけど、これはもう事件でしょう。僕は〈青い十六ボタンの謎〉と呼んでいるんだけど」

円田さんは笑顔になったり真顔になったりしていた。

「小さなボタンだから、女性のブラウスか何かのボタンなのかなって思うけど、なにしろ、十六個だよ？　もし、これがブラウス一着分だとするなら、このブラウスの持ち主はいちいち十六個もボタンを留めたりはずしたりしていたのかな？　いや、そんなことより、なぜ、シンクはそれを毎日のように持ち帰ったのか？　はたして、ボタンを失ったブラウスはどうなってしまったのか？　新しいボタンに付け換えられたのか？　となれば、それもやはり十六個なんだろうか？　なんとも謎だらけだ。毎日、夜の夜なかに、シンクがどこへ行ってるのか知りたいよ」

「そうですよね」

わたしは大きく頷いた。

「わたしも、最近、考えていたんです。夜に猫が身をひそめるところはどこなのかって。本格的に調査したいくらいです」

「いや、僕が腕組みをしているのは、まさにそこなんだよ。つまり、どうやってそれを突きとめるか？」

円田さんは腕を組み直した。

「おそらく、猫だけが行ける場所っていうのがあるんじゃないかな?」

それはそうかもしれない。うちのアンゴは歳をとるにつれてやたらと臆病《おくびょう》になり、家の中のちょっとした物音にも、いちいち、びくびくしている。それでも夜になると、

〈外へ出してほしい、出してほしい〉

と鳴いてせがむのだ。

「外はこわいよぉ」と、わたしは脅かしてやるのだが、彼の決意は固く、

〈どうしても行かなくてはならないのです〉

と言わんばかりの顔になる。仕方なく戸をあけて外に出してやると、庭を横断していくあいだに、何度も「むむっ?」とか、「ややっ?」といった物腰で、忍者のようにあたりを窺《うかが》っている。あれでは、どう考えても遠くへ行けないだろうと思うのに、たまに一週間近く帰らないことがある。そういうときは、「アンゴォ」と大声で呼んでも、まず姿を見せない。それでもそのうち、なにごともなかったかのような顔で帰ってくるのだから、どこかに身をひそめる場所があるのだろう。用心深いアンゴの性格から考え

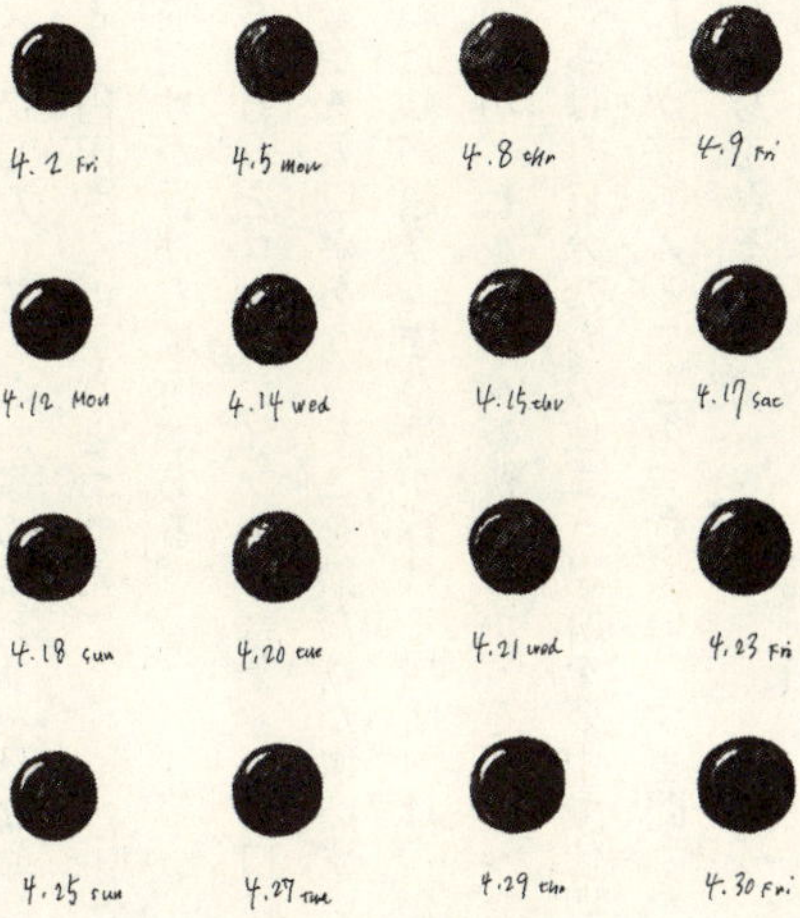

ボタンが16個

Think's Souvenir

ると、そこはきわめて安全な場所で、おそらく、人が近寄ることのできないところと思われる。

そう考え、あらためて、わが家のまわりを見なおしてみた。

(なるほど、円田さんの言うとおりだ)

猫には猫だけが行ける場所がある。

円田さんはそれをロマンティックな言葉として口にしたのかもしれない。どこかに異次元へつながる入口があり、そこを猫だけがすいすいと抜けてゆく——というような。

でも、わたしが想う「猫だけが行ける場所」は、たとえばマンションの下のちょっとしたすき間とか、ビルとビルの狭間《はざま》とか、そういった現実的なところだ。

わたしたちは、自分たちの住まう場所を夢中で仕切ったりしているうち、いつのまにか、自分たちが立ち入ることのできない「すき間」をつくってしまった。

そこへ猫が身をひそめる。

いや、もしかしたら、その細い細い道を抜けていくと、円田さんが言うような、思いもよらない場所に辿り着くことだってあるかもしれない。

「わたしはそう考えてみました」

と円田さんに報告すると、

「ということは、あれこれと推理をしてみたところで、われわれ人間には猫たちの行き先は分からないってことだね」

円田さんは少し残念そうな、そして少し意地悪そうな顔になった。

「いえ、そうじゃなく――」

わたしも少しばかり意地の悪い声で返した。

「分からないのがいいんですよ。分からないから、また考えるでしょう？　『考え』だけは、どんなに狭いすき間でもするすると抜けてゆきます。決めつけたり、分かってしまったりしたら、そこまでです。でも、分からなければ、いつまでもどこまでも楽しめます。食べたことのないミルリトンみたいに」

そこでわたしは、円田さんに「ミルリトン」のことを手短に説明しておいた。

「なるほど」と円田さんはしきりに頷いている。「一度も食べたことのない味をみんなで推理してるわけか」

「だから、猫だけが行ける場所も、はたしてどこなのかと考えているのが楽しいんです」

わたしは思いついたことをそのまま話していた。

「円田さんは大変な名探偵だと父から聞きました。だから、〈青い十六ボタンの謎〉も、いつかは解いてしまうかもしれません。でも、ここはひとつ、謎を解かないままどこまでも考えつづける探偵になって欲しいんです。そうすれば、いつかわたしたちも、夜に猫が身をひそめるところに辿り着けるかもしれません」

そう言いながら、

（よし、こうなったら、円田さんと二人で猫を追いかける「探偵」になってしまおう）

と心に決めていた。

謎はシンクが運んでくる。

解けそうな謎でも、決して解かない――。

その名も〈ミルリトン探偵局〉というのである。

ミルリトン探偵局・1

猫だけが行ける場所

1

〈ミルリトン探偵局〉なる名のもとに、「決して謎を解かない」という、おかしな探偵ごっこを始めた。

探偵とはいっても、まぁ、ようするに猫が拾ってきたものを眺めるだけなのだが――。猫が拾ってくるものなので、たかが知れている。ゴミのようなものばかりだ。それでそれでも、敬愛する円田さんと結成した探偵局なので、それだけで、もう嬉しい。

わたしは嬉しさのあまり、大黒柱の「ミルリトン」という文字の横に、「探偵局」と小さく書き添え、それをそのまま当局の看板にしてしまった。

このところ、父と母は新しい本の制作のために仕事場へ行ったきりで、わが家はわたしひとりの天下である。だから、誰にも文句は言わせない。

本日より、ここは〈ミルリトン探偵局〉なのだ。いひひ。

と、看板を掲げたのはいいけれど、しばらくは誰もこのいたずら書きに気づかず、少しばかり拍子《ひょうし》抜けしていたところへ、ようやく父が、

「なんだい？　この〈ミルリトン探偵局〉って」

と声をあげた。

「あら、やだ」

と母も「探偵局」の三文字に気づいたらしい。

「おんの仕業《しわざ》ね」

わたしは二人に円田さんちのシンクの話をし、シンクはうちのアンゴと違って、夜の散歩の行き先を示す「おみやげ」を持って帰るのだと説明した。その「おみやげ」を手がかりにして「猫が身をひそめるところ」の謎を考えてみたいのだと――。

「円田君も、妙なことに引きずり込まれたなぁ」と父。

「なんで、それが〈ミルリトン探偵局〉なの？」と母。

「だって、結局は答えが出ないだろうから」とわたし。

「なんのことやら」と母。

「つまりですね」と、わたしは演説する。「つまり、わたしが思うに、猫には猫だけが行ける場所があるってことです」（これは円田さんの言葉だけど、まぁいいや）「猫だけだから、人は行けません。となると、いくら推理してみたところで、人であるわたしたちには確かめることはできません。でも知りたい。なので、とにかく考えてみようということです」

「分かったようで分からないわね」と母。

「まぁ、ミルリトンと同じということは、なんとなく分かった」と父。

「猫の拾ってきたものを観察するってこと？」と母。

「そうです」とわたし。「たとえばですね」と例の「謎の十六ボタン」を大公開。

「きれいねぇ」と母の目が光る。

「なるほど、十六個も拾ってくるというのは謎だよなぁ」と父の目も光る。

「干し葡萄《ほぶどう》みたいだわね」

菓子づくりに凝《こ》っている母にはそう見えるらしい。

さらに、わたしのお気に入りの「おみやげ」である「小さな鳥の羽根」を見せると、

「ああ——鳥の安否が気づかわれるなぁ」と父。

「でも、ちょっとしゃれてる」と母。

「うん、なかなか趣味のいい猫だよね」と父。「われわれの本をつくるより、こっちを本にした方がいいかも」とまで言い出した。

「猫の拾ってきたもので本ねぇ」と母。

「まぁ、それでいいなら、越したことないけど」と父。

「編集者のどなたかに見ていただきましょうか」と母。

「でも、これだけでは一冊にならないね」と父。「なにか、もっと他に持ってこないのかな？ その——なんだっけ？——タンクとかいう猫」

タンクだって。父はわざと間違えているのだ。だから訂正してあげない。でも、見せびらかしたいものは、まだある。

「まだありますよ。じゃーん。これです」

と、わたしが自慢気に取り出したのは一本の釘だった。

「ほぉ」

と父も母も一本の釘をしげしげと見ている。なんだかおかしい。

「これをね、くわえてきたんだって」

「大工さんみたいな猫だな」と父。

そう、大工さん。円田さんも、まずはそう言っていた。

その日、図書館の帰りに円田さんの家に寄り道をしてみたら、玄関の前でいきなり、

「待ってました、ちびっこ探偵」

と言われて、少しむっとした。

「わたしは、もうちびっこではありません。背は低いけれど」

抗議してみたが、円田さんは全然聞いていない。なんだか楽しそうに机の引き出しを
ガラガラやり、

「いや、シンクがまた変なもの持ってきたんだよ。それを早く音ちゃんに見せたくてさ。

ええと――どこへしまったっけな――ああ、あった。これだよこれ」

そう言って見せてくれたのは、「なぁんだ」という感じの釘が一本きり。

釘

Think's Souvenir

「これを、こう、口にくわえて帰ってきたんだよ」

円田さんも釘をくわえる真似をする。

手に取って見せてもらったけれど、まぁ、釘は釘でしかない。何の変哲もなく、ちょっとばかり先のところがきらりと光って、その光り方が他の釘と違うような気もするけれど、たぶん、気のせいだ。

「それで、円田大探偵としては、これをどう見るんです?」

さっきの、「ちびっこ探偵」の逆襲で、嫌味のつもりで「大探偵」と言ったのに、円田さんはすっかりその気になっている。大探偵のつもりなのか、ひとさし指をこめかみに当てて考え出した。

「まず、〈大工さん〉という線は可能性として大きいね」

円田大探偵、声色《こわいろ》まで変わっている。

「つまり、僕がイメージするのは、ひと仕事終えて、縁側に座っている大工のおじさんなんだけど――」

「三時のおやつの時間ですか」

「おやつ――というか、お茶の時間だね。お盆の上にはポットと羊羹《ようかん》の切ったのが載っていて、おじさんは庭を眺めながら、煙草《たばこ》を吸ったりしてる。そうすると、その庭へひょっこりシンクがあらわれ、(おじさん、何か食べていますね、僕にもください) とひと鳴きする。それで、おじさんは羊羹の切れはしをシンクに差し出す――」

「猫好きなんですね、その大工さん」

「そう、猫好き。顔はちょっとこわもてなんだけど、猫を見ると自分も猫になっちゃう。鳴き真似とかして一緒になって遊ぶタイプ」

「円田さんとは正反対ですよね」

「いや、それでこの大工さん、結局、羊羹はすっかりシンクにあげちゃって、それでも気を引きたいから、何かじゃらすものを探したんだよ」

「ああ。それで釘を?」

「こういう新しい釘は光るからね、猫はそれにじゃれるんじゃないかな? というのもね、じつは釘を持ってきた次の日に、今度はこんなものを持ってきたんだよ」

そう言って、円田さんが取り出したのは小さな紙っぺらで、緑色で何か印刷してあるけれど、破れていて、よく分からない。

「光沢ビス——五十——？」

わたしが紙片に刷られている文字を読みあげると、

「それは、紙質から察するに、何かの袋の切れはしじゃないかと思う」

と円田さんは大探偵らしく声を太くした。

「たぶん、〈光沢ビス〉という名前のビス——つまり、『ねじ』だね——があるんだろうな。大工さんの間では有名なんだよ。プロ仕様だから、その辺の金物屋では売ってない」

「五十——というのは？」

「ねじの大きさでしょう。破れているから分からないけど、たぶん、五十級とか五十番とかあって、もっと小さいのは三十番とかね」

「よく光るんでしょうか？」

「それはそうだよ。『光沢』とあるんだから。一見、普通のねじだけど、ものすごくよく光るんだよ。どういうことに使うのか分からないけど、たぶん、プロがひそかに使うとっておきのねじなんだろう」

光沢ビスの袋のかけら

Think’s Souvenir

「それを出してきたんですか」

「そう。袋を破って。これはつまり、猫をあやすための秘密兵器でもあるんだろうな。なにしろ、よく光るわけだから」

円田さんは、その〈光沢ビス〉なるものを、もうすっかり見知っているかのようだった。このあたりが、大探偵のすごいところだろうか。

「これだけじゃないんだ。まだ、ある」

え？　まだあるの？

それにしても変な猫だ。本人——本猫か——は、「我関せず」という感じで本を枕にして眠っている。なんだか狸《たぬき》寝入りっぽいけれど。わたしたちが、こうして、ああでもないこうでもない、と話しているのを面白がっているのか。それで、いろいろ謎めいたものを持ち帰ってきては、知らん顔をしている。

「まず、これ」

と円田さんが取り出したのは煙草だった。吸いかけの短い煙草。吸い口のフィルターがついていない。

「音ちゃんは知らないだろうけど、これは〈ゴールデン・バット〉っていう煙草の古いタイプのやつでさ、両切りなんだよ。両切りっていうのは、どっちにも吸い口がなくて、どっちから吸ってもいいんだよ。昔の煙草はこういうのが多かったんだけど、いまはもう、ほとんどなくなったね。これをいま吸っているのは、たいてい歳のいった男の人だね。だから、大工のおじさんという推理はイメージ的にははずれてない。これを縁側で吸ったりしてるわけだから」

「なんだかおいしそう」

「おいおい、やめてくれよ。お父さんお母さんにしかられちゃうよ。また円田が変なことを教えたって。だいたい、中学生の煙草なんて格好よくないよ——いや、そんなことより、問題は次のこれなんだ」

そうして出てきたのは、またしても釘のよう。

でも、今度のはざらざらに錆《さ》びついた古釘で、全然、光っていない。

「古いですね。光っていません。変なふうに曲がってるし」

手にすると、赤錆《あかさび》が指先についた。

「どこから、抜いたのかしら」

「どうして、シンクがこんなものに興味を示したのか分からないけど、一応、大工のおじさん関係のブツではあるし、筋は通ってるよね。でも、かなり古いものだなぁ」

「なにか作り直しているんじゃないでしょうか。古い釘を抜いて、ぴかぴかの〈光沢ビス〉を打ちなおして——そういう、お仕事をしているところが思い浮かびます」

「まぁ、そんなところなのかなぁ。いまのところ、シンクが持ち帰ってきたのはこれだけなんだけど、また、何か持ってくれれば新しい展開があるかもね」

二人でシンクを見た。

「ボクハ、ナアンニモワカリマセン」

黒いかたまりは、そう言っているみたいだった。

「——というように、わたしと円田さんは推理しているわけなの。面白いでしょう?」

「面白い」と父。

「面白いけど」と母。「面白いけど、本当にそんなところへシンクは出かけているのか

古い釘

Think's Souvenir

しら？　だって、夜中に出ていくわけでしょう？　大工さんがおやつを食べるのは午後三時って言わなかった？　時間が合わないじゃないの」

ああ、母上。全然、分かってない。そうじゃないんですよ。

「そういうことではないのです、母上」――また演説しなきゃ――「この際、本当のことはどうでもいいって、さっき言ったじゃないですか。どうせ、わたしたち人間には猫の行き先なんて分からないんです。猫には猫だけが行ける場所があるわけで――」

「ああ、そういうことなのね。その『大工さんのいる庭』っていうのが、猫しか行けない空想の世界で――」

ふうむ。

そうあっさり言い切られてしまうと、なんだか反論したくなってくる。

「猫には、猫だけが通れる道があるってことじゃないか？」と父。「ようするに、猫はわれわれには通り抜けることのできない狭いところをくぐり抜けて、あっち側の世界に行けるってことだ」

「その――あっち側って、そもそも何なの？」と母。「時間とか空間とかに関係なく、どこへでも行けるという意味？」

「〈どこでもドア〉か」と父。「そう言えば、ドラえもんも猫だな」

「いいえ」とわたし。「〈どこでもドア〉とは、まるで違います。人は行けないんだし」

「でも、大工は人間じゃないの？」と父。「それとも、空想の大工なのかな」

空想の大工——って、なんだか、わたしまで分からなくなってきた。

「いいえ、大工さんは本当にいるかもしれないんです。だから、これは単なる空想じゃなくて——」

わたしは力なく笑ってしまった。

単なる空想じゃない。大工さんは空想ではない。あくまで推理なのです。

でも、待って。推理と空想はどう違うんだろう？

「夜に猫が身をひそめるところ」はどこなのか、と考えたとき、猫はやはり人とつかず離れずの、ちょうどいいところに身を置くのではないか。

「猫だけの世界」ではなく、ちょっとだけ人とつながっている場所——それはきっと路地裏のような場所で、何か晴れがましいことが行われている、そのうしろの隅の方だったりする。でも、そこにもやっぱり人がいて、そのまた隅の方には、ささやかな陽だまりがあったり。そういうところが、猫にはいちばん居心地がいいのではないかしら。

ついでに言うと、たぶん、わたしたちは、そのような場所を忘れかけている。

シンクは、母の言う「どこへでも行ける」狭い道をくぐり抜け、そんな「忘れられた場所」へ、こっそり忍び込んでいるのだ。それを、時間と空間を飛び超えて、と言ったりしてもいいけれど、わたしの考えはもっと単純だ。

「本当のことは誰にも分からないんだから、自由に考えよう」

それだけだ。それに尽きる。

だから、夜の向こうに午後三時の縁側があって、そこに猫好きの大工さんがいることは、何も不思議じゃない。

ただ、「どう考えてもいいのか」というと、決してそうではない。「そうじゃない」と思う気持ちの底に、わたしがいちばん言いたいことがあるような気がするけれど、それはもっともっと考えないと、うまく言えない。

「空想ではなく、推理」――いまは、そうとしか言えない。

「今度は粉だよ。体中に粉をくっつけて帰ってきた」

後日、円田さんのところへ寄ったら、小さな壜《びん》に採取した白い粉を見せられた。

「シンクは真っ黒だから、すぐに分かる。体中、あちらこちらにつけてきた」

「なんでしょうか？　この粉は」

「そう――たぶんね、大工のおじさんは夏風邪を引いたんだよ。それで、愛用の〈龍角散〉を持参した。それを、お茶の時間にのんでいたら、シンクがやって来て、『おじさん、何か食べていますね。僕にもちょうだい』と鳴いたわけだ」

「それで、本当にあげますかね、〈龍角散〉。猫にですよ？」

「ふうむ――」

円田さんの腕組みが始まった。わたしは、壜を陽にかざして白い粉を見るうち、不意にあることに思い当たって、

「これ、うちの母に見せてきます」

と粉の入った小壜を手に帰宅することにした。

めずらしくも、ちょうど母が台所にいて、なにやら必死になって作業している。

「なにしてるの？」

「あら、お帰りなさい。あんた、また、いいところに帰ってきたねぇ。見てよ、この水道の蛇口の栓。固くなっちゃって、びくともしないの。せっかく、クッキーでも焼こうかと思ったのに。おんの馬鹿力であけてくれない？」

失礼ね。でも、母は手が小さいから仕方ないか――。

はいはい、分かりました。お引き受けいたしましょう。

「えいっ」

駄目だ。ものすごく固い。これはきっと父の仕業に違いない。どうして、こんなに固く閉めちゃうんだろう。

「えいっ」

駄目だ、まったく動かない。

「母上、これはわたしの手にも負えませんよ」

それでも奮闘していたら、突然、電話が鳴り、父だったら文句を言ってやろうと思ったけれど、円田さんからだった。

「たったいま、シンクが帰ってきて、とんでもないものを持ってきた」

そう言うばかりで、それ以上は教えてくれない。仕方なく、

「緊急事件が発生したようです」

と母に言い残し、また円田さんちへ引き返すことになった。

ふう。探偵は忙しいのだ。


「とんでもないものって、なんですか？」

円田さんと、その足もとですでにご就寝中のシンクとを交互に見ていると、

「箱舟」

と円田さんは簡潔に答えた。

箱舟？

「――というタイトルの映画のちらしなんだけどね。ほら」

机の上にあらわれたのは、なんとも古めかしい印刷物だった。

「昭和三十年代くらいのものかな？　名画座のちらしだね」

それは真ん中からふたつに破れていたが、大切に保管されていたらしく、かなり綺麗だった。『箱舟』と『春の驟雨《しゅうう》』という作品の二本立てらしい。

「やっぱり、大工さんだな。僕の推理は正しかったよ。これはきっと、おじさんが若いときに観て感動した映画なんだよ。おそらく、この『箱舟』という映画は、大洪水が来るのに備えて、若い人たちが力を合わせて大きな舟を造るっていう内容じゃないかな。それを観て、若かったおじさんは、『よし、俺も大工になる』って決意したんだよ。思い出の映画なんだろうね。だから、ちらしを大事に持ってたんだよ」

円田大探偵は、ここぞとばかりに推理を展開してみせたが、どうして、そんなに大切なものをシンクが持ってきてしまったのだろう？

「そうだなぁ――」

ふたたび円田さんの腕組みが始まったので、わたしは早々に引き上げることにした。

その帰り道――。

夕方の〈丸山公園〉を歩きながら、巨大な箱舟を造る大工さんたちのことを想った。

帰宅すると、蛇口はいぜんとして固く閉ざされたままで、食卓に母が居て、わたしが置き忘れていった「白い粉」の小壜を手にしていた。

「ねぇ、おん。これは何なの？　中身は小麦粉みたいだけど」

小麦粉！

やっぱりそうか。〈龍角散〉じゃなかった。でも、小麦粉って、どんなふうに大工のおじさんとつながるんだろう？　いよいよ、謎が深まってしまう。

わたしは台所に立ち、ひとつ大きく深呼吸をすると、母の小さな手のために、いま一度、蛇口の栓を、

「えいっ」

と大きな声を出してひねってみた。

すると、嘘のように栓がくるりとまわり、驚くばかりの勢いで水が噴き出てきた。

もう止まらない――。

その夜、台所が大洪水になった。

春の驟雨
監督 パウル・フェーヨス
主演 アナ・ベラ
蒼いドナウの流れるハンガリイの小村に「春の驟雨」と言ふ伝説が伝はつてゐます。林檎の花咲く春の初夏、月の明るい夜に不義した過ちから處女の純潔が失はれました。その時天國にある母親が時ならぬ驟雨を招んで地上の娘の貞操を守るのです。「春の驟雨」……これは年老いた母が若い娘へと次々に語り傳へた涙の母マリイの物語りです！
MARY
この映畫を！
未來を擔ふ若き世代に
青春を誇る學生諸君に
の名作特別大公開！
銀星会舘

映画「箱舟」のちらし

Think's Souvenir

夜に猫が身をひそめるところ

久助

＊

きゅうすけ

川のこちら側の、少し低くなって窪《くぼ》んだところに五十嵐《いがらし》さんの小さな菓子工場があり、いつもそのあたりへ突き当たると、誰もが「甘い」ものに包まれるのを感じていた。

それは、そこに菓子の香りが漂っているからそうなるのではなく、おそらくは、街から少し離れた場末の静けさが、川へさしかかった人の心持ちに、ある懐かしさを点じるからに違いなかった。

工場とはいっても、そこは五十嵐さんの住まいでもあり、猫の額ほどの家に、猫の額ほどの工場が無造作につなげられた、平たい羊羹の箱みたいであった。

四十年のあいだに、木造の箱はずいぶんと黒ずみ、おもての路地に面したガラスの引き戸には、白いビニールのテープで何カ所も修繕《しゅうぜん》がしてある。細かく刻まれたテープは、ガラスの亀裂《きれつ》に合わせて微妙な曲線を描き、モザイク絵を思わせる緻密《ちみつ》さで整然と貼り込まれていた。

そうした几帳面な仕事に囲まれるようにして、「五十嵐製菓工場」と金色の文字が横に並び、IGARASHI CONFECTIONERY と流麗な英文字が添えてあった。まさか、こんなところに英語使いの人が通りかかることもないだろうから、英字を付け足したのは主人の粋《いき》なのであろう。金文字はわずかに剝《は》げ落ちてはいるものの、いまでも西陽を浴びれば鈍く光って、やはりどこかしら洒落《しゃれ》ている。

そのガラス戸と斜向《はすむ》かいにある路地の角には、この工場と同じくらい年季のはいった町の掲示板が立っていた。夏休みのラジオ体操の告知であるとか、ベビー・スイミング・スクールの案内などが、折り重なるように鋲《びょう》で止められている。掲示板は古いが、貼り紙は最新のものを誰かが貼りかえているらしい。当り前のようではあるが、このあたりではもう、その掲示板に目をとめる者はほとんどいなかった。

ただ、五十嵐さんだけが、ときおりそれを眺めていた。

眺めるのは、たいてい正午を過ぎたころ――。

人間ではなく機械の方を休めるのが目的で、五十嵐さんは昼どきを見はからって、作業をいったん止めることにしていた。工場で機械を動かしているのは五十嵐さんただひとりなので、正午になると、機械の音がすっかりやんで、しんとする。

すると、金文字のガラス戸が、がらがらっと引かれ、白衣のようなものを着た五十嵐さんが、おもての路地にあらわれる。そして、じつにうまそうに煙草を一本吸い、吸いながら、いつもはまっすぐに伸びている背筋を少し曲げて、掲示板を隅から隅まできちんと読んだ。

ひとりごとも言わない無口な人なので、そうして五十嵐さんがたたずんでいると、正午の陽の光を浴びた白衣が、やけにまぶしく見える。五年前に妻を亡くしてから、その白衣は五十嵐さんが自ら洗濯しているのだった。

清輔と書いて「せいすけ」と読むのが、五十嵐さんの下の名前だったが、町内の人たちは、皆、誰もが彼のことを「きゅうすけさん」と呼んでいた。

「きゅうすけ」は「久助」のことで、昔の人は出来そこないの菓子のことをそう呼んでいた。いくつも菓子をつくるうちには、端が欠けたり、ふたつに割れたりしたものが、どうしても出てくる。それを袋に詰めて安く売り出したのが「久助」である。

ひとむかし前は、夕方になると、どこの菓子工場の裏手にも、「久助」の載せられたブリキ缶が横一列に並び、「ひとつ百円」と書かれた札が立てられた。その日によって出る数が違うので、子供たちは銀貨一枚を握りしめ、競い合うようにして買いにきたものだ。

「久助」には色とりどりの幾種類もの菓子が混ざっていたから、子供には非常に楽しかった。割れたひとかけらが、ちょうど子供のひと口大になっているのもまたよかった。

五十嵐さんは、じつのところ、この「久助」づくりの名人なのであった。

簡単な話で、それがあだ名の由来である。

しかしながら、五十嵐さんはそのこと自体を不名誉だと感じたことは一度もない。現に五十嵐さんは、皆に「久助さん」と呼ばれても、いつものやわらかい表情をひとつも崩すことなく澄ましていた。

あるいは、若いときには、もう少し様子が違っていたかもしれない。

が、いまは名前のことなど、どうでもよく、人の名前などというものは、いずれにせよ、自分で決めるものではないのだと、あるとき思い当たった。

ただ、不名誉なことではない、というのには、もうすこし微妙な理由もある。

五十嵐さんのつくる菓子は焼菓子ばかりで、生菓子はいっさいやらなかった。クッキー、ビスケット、ウエハース——それに、景気がよかったころは、ロシアケーキやバウムクーヘンなどもこしらえていた。店舗は持たず、出来上がったものは、すべて問屋におろしていた。人気があった。

——五十嵐さんのビスケットは真面目につくってあるからね。

アルファベットの型にくり抜いたビスケットは特に売れ、ときには、ずいぶんと遠方からの注文も舞い込んだ。

それでいて、五十嵐さんはしばしば注文を断ることがあり、本当に納得のいくビスケットを作りつづけるのは、「限りがある」と自分でもよく分かっていた。

ときどき、五十嵐さんは軍手をはめた白い手で、焼き上がったビスケットのアルファベットを選り分け、

「よくない。Aも。Bも。Cも。Dも。Eも。全部、よくない」

そう呟きながら、次から次へと白い指先で容赦なく割っていった。

誰が見ても上等に焼き上がっていたが、五十嵐さんは気に入らない。

「よくない、よくない」

ふたつに割られたFやらGやらは、同じ運命をたどったクッキーやウエハースとともに、夕方の路地で、「久助」として売り捨てられた。

——東京一、「久助」がたくさん出る菓子工場。

誰かが小声で囁《ささや》いて笑うのを耳にし、まだ元気だった五十嵐さんの妻が、

「そんなことを言う人があるけれど、ちっとも不名誉なことではないわ」

と五十嵐さんの目をじっと見た。夫は気持ちに芯があるとき、目だけが笑っていないと知っていたからだ。

妻の覗き込んだ目の中には、柔和《にゅうわ》に結ばれた口元とは裏腹に、

——作りたいものが作れないのがくやしいだけだ。

とでも言いたげな、切実な思いがひそんでいた。

そもそも、「名誉」を額に入れて飾ることなど、五十嵐さんには興味がない。ただ、本当に作りたいものが思うように出来上がらないのが、五十嵐さんにとっては不名誉なことだった。

「プロなんだから。職人なんだから」

ぽつりとそう言って、夜おそくまで、粉やら砂糖やらを調合したり、こねまわしたりしていた。


工場の裏手を少し歩くと、いかにも古びたコンクリートの橋があり、欄干《らんかん》にもたれて見おろすと、川の流れがよく見えた。

五十嵐さんが、ここへ工場を構えたころは川など眺めたこともない。

それが、妻が逝《い》ってしばらくしたある夜、組合事務所の帰り道に橋を渡り、なんとはなしに見おろした川に、色とりどりの魚影を見たような気がした。

おや？　と、橋から身を乗り出すようにして覗き込んだが、次の瞬間には、もう何ごともなかったかの如く水面は静まり返っていた。

そのとき、五十嵐さんは足元を流れてゆく水の美しさにあらためて驚いた。月と街灯をゆらゆらと映し込み、澄みきったものが音もなく次から次へと流れてゆく。

「動いてる」と思わず声が出た。

自分のかたわらを、こんなにもたくさんの水が絶えず流動していることが、いまさらながら奇妙でたまらなかった。その奇妙さをじっくり考えてみても、結局のところ、それが「ごくあたりまえの普通のことである」という結論しか出ないことに、五十嵐さんはまたさらに奇妙な心持ちになった。

以来、五十嵐さんは思い出したように橋に立ち、ややだらしなく欄干にもたれて、流れゆく水ばかりを見るようになった。

そうして川を眺め始めたころから、菓子の注文が目に見えて減っていった。

やはり、時代なのだろうか。

それでも、相変わらず、五十嵐さんはAを焼いては、「よくない」と言って割り、Bを焼いては、「よくない」と言って割った。

日暮れどきには、それが工場の裏の路地に「久助」となって並ぶ。

いまでは、「久助」を並べる工場が減ったというより、川べりで小さな菓子工場を営むこと自体がめずらしくなっていた。

路地から、ひとりふたりと子供の姿が消えてゆき、ささやかな稼業を営む老いた店番と、彼らが愛おしむ犬やら猫やらだけがのこされた。

そして、川の方から、風だけが変わらず吹いている。

川を見飽《あ》きると、五十嵐さんは押し入れから古い帳面を出してきて、夜おそくまで読みふけった。若い時分に、菓子づくりの勉強のためにこしらえたレシピの覚書で、ページをめくりながら、あれこれと思いをめぐらせていると、静まり返った工場の隅で、「ボッボウ、ボッボウ」と鳩時計が鳴り出して驚かされた。

まだ若かった妻が、レタリング文字のコンテストで銀賞を取り、そのときの記念品でもらってきた鳩時計だった。

ながらく茶の間に掛けてあったが、妻の遺品を処分しようと思い立ったとき、柱からおろしかけたところで、鳩が二度三度と顔を出した。あまりに思いがけず、五十嵐さんは中途半端な姿勢のまま、どうしていいものか分からなくなってしまった。

「捨ててもよかったんだが――」

嫁ぎ先から手伝いに帰っていた娘にそう言うと、五十嵐さんは、それを工場の隅の柱に残すことにした。

場所が変わると、なんだか急に埃が目立つような気がして、雑巾《ぞうきん》を何度も絞り、ていねいに隅々まで汚れを拭きとった。

娘はおもてのガラス戸をがらがらと開けたてしている。

「これ、もう駄目かな」

ひとりごとが聞こえた。

五十嵐さんはまた雑巾を絞り、今度は茶の間の柱に残った時計の跡を拭きとった。すっかり拭いてしまうと、柱には時計を支えていた錆びた五寸釘の頭だけが残っていた。

——夏になったら、ここへあたらしいパナマでもひっかけようか。

そう決めたものの、五十嵐さんは、その夏も、次の夏も、そのまた次の夏も、忙しさに追われて、夏帽を新調する余裕などあるはずもなかった。

といって、別段、工場が繁盛《はんじょう》していたわけではない。五十嵐さんが忙しかったのは、いずれも自分で決めたことに縛られていたからである。

たとえば、三度三度の食事は自分できちんとこしらえなければ気がすまなかった。

ときおり、

「なにかおいしいもの作ってあげる」

と、娘が様子を見に来たりしたが、そういうときでも、娘と一緒に台所に立った。

炊事だけではない。洗濯も毎日欠かさなかったし、掃除には特に念を入れていた。身のまわりが整っていないと、白衣を着ていても、決まり悪く落ち着かない。

ばらついたものは、かならず角を揃えてまとめた。

夜中にはラジオを聴きながらシャツにアイロンをかける。

たまに、街なかに用事ができると、雨風の激しい日でもバスを使わず歩くことに決めていた。元来、歩くのが好きな性質《たち》だったが、日頃、ひとつところに身を置いているせいで、いったん歩き出してしまうと、うれしくて足がとまらなくなる。

「足が笑う」というのは、本当はこういうことを言うのではないかと思うと、足ばかりでなく、どこもかしこも愉快になった。

——いま、久助さんが駅の方へ歩いて行ったよ。なんだか、妙にいそいそしてた。

すれ違った人は、あとで誰かにそう報告した。

——妙にぴかぴかの靴を履《は》いてたよ。

出かけるときは、いつものドタ靴を下駄箱《げたばこ》にしまい、少し見栄えのいい靴に履きかえるのを忘れなかった。

「足元がすがすがしくないのは、男前がぐんと下がる」

父親が玄関先で背を丸め、自分で革靴を磨きながらそう言っていたのを、このごろになって思い出す。

そうして思う存分歩きながら、いつのまにか、また菓子のことを考えていた。

じつは五十嵐さんには、とっておきの菓子があった。まだ子供の時分、父親に連れられていったイギリス人のお屋敷で出たおやつのビスケットだ。

なにしろ、いい艶《つや》をしていた。

もちろん味もよかった。適当に歯ごたえがあり、牛乳のいい香りがしていた。

しかし、何よりも、その艶にひかれた。あとにも先にも、あのように見事な光沢をもったビスケットに出会ったことはない。

お屋敷からの帰路、息子があまりに何度もビスケットの話を繰り返すので、父親は少しばかり閉口した。

「清輔よ。本当にいいビスケットというものは、あんなふうにつるつるしたものではないと思うのだが。ただ、それでも、お前があれをうまいと思ったのなら、それはそれでいいことではある」

息子は父の言葉をうわの空で耳にしていた。したがって、この記憶は少しばかり都合のいいように歪《ゆが》められているかもしれない。

ただ、それがやはり夏のある日であったこと。家に帰り着いた父親が頭に載せていた白いパナマ帽を脱ぎ、それを柱の釘にひょいと引っかけてみせたこと。父親の脱いだ革靴が玄関の三和土《たたき》にきちんと揃えられ、わずかな光を集めて暗く光っていたこと――。それらが、ビスケットの香りや光沢とともに、五十嵐さんの頭にいつでもぼんやりと浮かんでは消えてゆく。

ずっとあとになって、五十嵐さんが工場を持つことになったとき、まっさきに思い出されたのが、そのビスケットだった。それまでにも何度か試しに作ってみたことがあり、名前もすでに決めていた。

〈光沢ビスケット〉

われながらいい名前だと、五十嵐さんは無邪気にそう思っていた。

字に心得のある妻に、さっそく商標登録のための文字を書いてもらい、文字をあしらった専用の袋も誂《あつら》えた。

――これはうちの目玉商品になる。

ふつふつと嬉しさがこみあげてきた。

ところが、自分で戯れに作ってみるのと、お客さんの顔を見据えて「商品」を作るのでは、ずいぶんと勝手が違うことに気がついた。

作れるはずのものが作れない。どうしたものか、ただ綺麗につるつるとしているばかりで、歯ごたえもいまひとつで、中身がない。

――菓子というのは、ついでに食べるものでいいのだ。

五十嵐さんは、そう思ってきた。

ただ、無心で口へ運んでいるうち、ふと手元の菓子を見直してしまうような、そういうものが出来ればいい、と自分に言いつづけてきた。

しかし、ビスケットに冠した「光沢」ばかりが目をひいているようでは駄目である。「光沢」だけが際立ち、肝心のビスケットを食べた喜びが湧き上がらない。

――こんなものではなかった。

五十嵐さんは、あのときのビスケットを頭に描いていた。

いま思えば、あのビスケットは、お屋敷に隠居していた英国婦人が、代々守ってきたレシピに従って焼いた、ごく普通の名もないビスケットだった。

五十嵐さんは、工場の隅の椅子に腰をおろし、伝票を切るときに使う小机の上に両手を揃えて置いた。横目で見ると、そこに印刷屋から届いたばかりの「光沢ビスケット」と刻印された袋が山のように積み上げられている。

名前など付けてしまったのがまずかった。中身の前に、袋までこしらえて——。

その袋の束へ午後の光が斜めに射しこんでいる。

四十年が経ち、積み上げられていたものは、もうあらかたなくなっていた。手ごろな大きさが見合って、袋はいつのまにか、「久助」の専用となっていたのだ。

五十嵐さんはいまだに〈光沢ビスケット〉を作り出せずにいる。

あるいは、袋がすっかり底をついてしまえば、それで憑《つ》きものも落ち、今度こそ気持ちよくビスケットを焼くことができるかもしれない。

その一方で、袋が尽きてしまったら、そのときは工場をたたむいいきっかけになると、いつからか、そう思い始めていた。

ぜひ、そうするべきだ、と娘夫婦も口うるさく言うようになっていた。気負って、山ほどこしらえてしまった袋だったが、四十年ものあいだ、大事に細々と使ってきたのは、そうした思いが重なっていたからである。

また正午がきて、五十嵐さんは路地に出た。

青い空に、ぼんやりと浮かんだ雲がいくつも流れてゆく。

「ああ」とひとつ大きな伸びをして、いつものマッチで煙草に火をつけた。

二軒先にある左官屋の表戸があいていて、昼のニュース番組の声が路地に流れ出ている。一緒にカレーの匂いも漂い出て、五十嵐さんの鼻先をかすめていった。

「きょうはわたしひとりだから、残ってたカレーでカレーうどんをこしらえてる」

電話で話しているのだろう、左官屋のおかみさんの声が威勢よく響いた。その向こうで、ニュースが「関東地方は今日梅雨《つゆ》明けをむかえたとみられます」と告げている。

五十嵐さんは吸い終わった煙草を防火用の赤バケツの水に差して火を消し、それを手

光沢ビスケット
五十嵐製菓
KOUTAKU BISCUIT

に持ったまま、いつものように掲示板の前に立って右から順に読んでいった。もう読んでしまったものもある。暗記してしまったのもある。

それでも、また繰り返し読んでいくと、中にあたらしい貼り紙がひとつあった。

〈水中映画の夕べ〉

大きく謳《うた》ってあるのを眺め、二、三日前に娘が電話をかけてよこしたときのことを思い出した。

「川に映画を映すんだって。面白そうだから観に行こうと思ってるの。お父さんのところから少し上ったあたりかな。一緒に行かない？」

五十嵐さんはしばらく黙っていたが、八月半ばに予定されている開催日時を聞いて、

「その日はちょうど組合の月例会があるんだ」

と、やんわり断った。

娘と顔を合わせれば、また、工場をどうするのかという話になる。が、いまはまだ答えが見つかっていない——。

掲示板の告知には、上映される映画の題名がいくつか記されていたが、どうやら若い

映画ファンが、払い下げになった屑《くず》フィルムをどこからか見つけ出し、それを自分たちの手で編集したもののようだった。

ざっと見ても、ずいぶんと古い、それも一般的には知られていないものがほとんどだったが、五十嵐さんには覚えのあるタイトルがいくつもあった。

といっても、それらの映画を実際に観たことがあるかどうかまでは思い出せない。ただ、五十嵐さんの妻は若いころに洋画の題字を描くアルバイトをしていたので、深夜の卓袱台《ちゃぶだい》の上に、描き上がった題字が何本も並べられていたのを、五十嵐さんは覚えている。

『失われた鍵』『王様稼業』『催眠術師の子供たち』『黄金の腕を持つ男』『穴熊は知っていた』――。

米、仏、独と、国はさまざまだったが、いずれもB級な名画座の抱き合わせ用に安く買いつけてきたひと昔前の映画ばかりだ。

妻は月末になると品川にあった小さな映画配給会社まで電車を乗り継いで出かけ、翌月の仕事と、わずかながらの給金が入った茶封筒をもらって帰ってきた。封筒の中には千円札が数枚と、有効期限日のスタンプが捺《お》された名画座の切符が何枚か入っていた。

工場が休みの日には、妻が朝早くからサンドイッチの弁当を作り、二人でよく映画見物に出かけた。銀座や新宿ではない、私鉄電車の駅前商店街にある小さな名画座ばかりで、三本立てのうちの一本だけが本当の名画で、あとの二本は聞いたこともないようなものだった。

三本観終えて外に出ると、いきなり知らない街の夕方のにぎわいがそこにあり、いつも五十嵐さんは、なぜかとても遠いところへ来ている気がしたものだった。


「水中映画」のことは、そのあと新聞の囲み記事にもなった。

――発端は、千住大川町《せんじゅおおかわちょう》の古い倉庫の中から、大量の映画フィルムが発見されたことに始まる。倉庫の持ち主は、なぜ、そこにそんなものが保管されていたのか見当もつかないという。ほとんどが、昭和三十年代に都内の名画座を巡回していた洋画のプリントだった。およそ百二十本相当のフィルムの山で、いつ発火するものか分からず、倉庫の主が処分に困り果てていたところへ、噂を聞いた荒川区映画保存会の有志が、フィルムの整理を買って出た。

彼らがフィルムをひとつひとつ丁寧に洗い出してゆくと、大半は保存状態が悪く、およそ上映不可能なものであることが判明した。ただ、いずれも巻の最終部分に比較的状態の良い箇所があり、そこだけを切り残して、あとは破棄するより他なかった。

結果として、約七十本ほどの映画の巻末ばかりが残され、その多くがラスト・シーンの数分であり、生き残ったのは、わずかにエンド・クレジットのみというものもあった。それでも残すべきではないかと判断されたのは、ほとんどのフィルムがBクラス、Cクラスの、いまとなっては容易に観ることの出来ない作品群であったからだ。中には海外ですらプリントの存在が確認されていないものがあり、文化的資料価値も充分に高かった。

保存会は約一年半を費やし、これらの残されたフィルムの編集作業を行った。

およそ互いに関係性を持たないさまざまな映画のラスト・シーンばかりをひたすら丁寧につなげていくことで、じつに奇妙な、しかし考えようによっては大変に贅沢《ぜいたく》なアンソロジーになった。

出来上がったものを何度か観るうち、保存会の若い人たちの中から、これをなんとか公に上映できないものかという声が上がった。

——これはこれで、なかなか得難い作品だと思うのです。

とはいうものの、そのましかるべき区民館などで上映するとなると、一般の目には、いささか退屈なものとして映るかもしれない。

何かもうひとつアイディアが欲しかった。

いくつかの企画が提案される中、「これだ」と思えたのが、川面に映画を投影するというものだった。夏の花火の季節には川べりでさまざまなイベントが催される。その一環として、野外上映の許可を貰い、スクリーンにではなく川に映画を映す——。

誰からも忘れ去られた無名の映画が、あたかも川底から浮上してきたかのように見えたらいい。

水に揺らぐ映画——そのイメージを保存会の誰もが面白がった。

適切な場所と方法とが検討され、実現には、それからさらに数カ月を要した。

水の透明度と投影の角度、川面の状態と流れの安定感など、クリアしなければならない難関は多々あった。しかし、若い人たちの無鉄砲ともいえる情熱が手伝い、何度も試行錯誤が繰り返された挙句、最終的には水面下十センチほどの位置に巨大な白いシーツを拡げ、そこへ高さ八メートルにまで組み上げられた櫓《やぐら》の上から投影するという方法がとられることになった。

そうして映された映像は、ラスト・シーンだけが持ち得る、ある種のはかなさと重なり、妙に観るものをしんみりとさせるものだった。

——これはまるで、映画そのものが流されてゆくみたいだ。

試写に立ち合った誰もが、初めて目にする水中映画の美しさに、しばらく言葉を失ったという。

おかしいな、と五十嵐さんは腕時計に目を落とし、正午をとうに過ぎているのを知って、工場の隅の鳩時計を見た。

十一時二十分を指している。

機械を止め、タオルを首に巻きながら五十嵐さんは鳩時計の前に立った。耳を澄ましてみたが、いつもの秒を刻む音がしない。

時計を壁から外して裏返し、ねじを巻き直してみたが、同じだった。

これまでにも何度かへそを曲げたことがあり、修理に出すと、そのたび、時計屋の主人が、「これはいい。これはいい鳩時計です」としきりに感心していた。

「大丈夫、すぐに直ります」

持って行けば、おそらくまた同じようにそう言うだろう。

五十嵐さんは白衣のポケットから煙草を取り出すと、作業机に寝かせた時計の前で一服することにした。

――と、そのとき、静かに横たわっている鳩時計が、五十嵐さんには不思議なほど安らかに見えた。というより、時計が安らかなのか、それとも、五十嵐さん本人が安らかなのか区別のつけようがなかった。

おかしな気持ちだった。

まだ火のついていない煙草をくわえ、五十嵐さんはそのままじっと鳩時計を見おろしていた。長いことそうしていた。時計のコッコッいう音が聞こえない分、それは本当に長く感じられ、時計の沈黙に何もかもが吸い込まれそうな気さえした。

不意に五十嵐さんは作業机の引き出しを開け、中から工具箱を取り出してくると、蓋を外し、使い古しの釘抜きを選び取って、つい、いましがたまで時計のあった柱の前にすっと立った。そして、その真ん中に打たれていた釘を一本、しなりと抜いた。あっという間のことだった。

抜いた釘をポケットに落とすと、今度は工場から台所を通り越して茶の間まで行き、もともと鳩時計が掛けられていた柱の前に立った。やはり真ん中に釘が一本、時計を外したときのままにある。錆の浮き出た、もう何十年も前に打たれた釘だ。

「よし」

抜こうとして、それがいまさっき抜いた釘よりも、ずいぶんと低い位置に打たれているのに気づいた。五十嵐さんは、その釘を打ちつけたのが自分ではなかったことを思い出し、頭の中を何かが音をたてて流れていった。

五十嵐さんは、めずらしくも少し恐いような顔になって釘抜きを持ち直し、深々と息を吸い込むと、えいっとばかりに素早くその錆釘を抜きとった。


夕方から、予定どおり組合の会に出たが、五十嵐さんはまだ頭がぼんやりしていた。

「今日は川に映画を映す日だったろう？」

帰りしなに誰かがそう言うのが耳に入り、ああ、そういえばそうだった、と五十嵐さんは下駄箱の前で時計を見た。

七時半からの上映に、まだ小一時間ほどある。

組合の事務所から川までは、歩けばかなりいい距離だったが、おもてに出ると、すぐそこに水の気配があるかの如く川の匂いがした。

その日に限ったことではなく、そういうことがときどきある。

町全体が夕焼けに色濃く染め上げられ、建物の蔭《かげ》を抜け出ると、五十嵐さんの顔も手も足も、すっかり赤く染まっていた。

ちょうど夕陽に向かうようにして歩いていたのだが、やがて川に突き当たり、そのまま橋を渡ればすぐに自分の工場というところまで来て立ちどまった。

そこで橋を渡らず右手に行けば、じきに水門が見え、もう少し行くと、水中映画が上映される中洲に出る。

見上げると、仁丹《じんたん》のような一番星と、半透明の白い月とが並んで浮かんでいた。

二度、三度、五十嵐さんは思い直したように首を振り、それから、いつもどおり橋を渡って帰ることにした。

少し足早だったかもしれない。

真ん中あたりまで来たところで、いったん立ちどまり、ちらりと川を見おろして、すぐにまた足早に歩き出した。

茶の間でお茶を一杯飲んでいるところへ花火の音がずんと響いた。

五十嵐さんはラジオの音を小さくしてその遠さに見当をつけ、腕時計を見ると、ちょうど七時半である。

「始まったか」

ラジオのスイッチを消し、さらには部屋のあかりをすっかり消してから、「しまった」と舌打ちした。なんとか手探りで卓袱台の上の煙草とマッチをたぐり寄せ、じゅっと火をつけると、五十嵐さんの顔がオレンジ色になって闇に浮かんだ。

しばらく、そのまま真っ暗な部屋に座り込んでいた。

闇が心地よかった。

裏の路地に面した窓が開いていて、月明かりだけがさし込んでくる。そこへ五十嵐さんの煙草の火がぽつんとあり、窓の向こうには、路地と土手があって、土手の向こうには川があった。

今夜、やはり川はいつもより強く水の匂いを放っている。そればかりか、ほのかな光を放っているようにも感じられる。

もちろん、気のせいだろうが、五十嵐さんにはそれがゆったりと流れてゆく「映画のかけら」が放つ光に思えた。

――いま、すぐそこの川を映画が流れてゆく。

あの、世界の果てのように遠かった場末の名画座で、ずっと昔に観たことがあったかもしれない映画。いまではもう誰も知らないような映画。

名も知れぬ女優のクローズアップ。いずことも知れぬ風景。笑う男。目を伏せる少女。砂漠を行く駱駝《らくだ》と走り抜ける怪盗――。

いくつもの映像の切れはしが、いま、すぐそこの川を流れてゆく。

五十嵐さんは立ち上がった。

身のこなし軽く片足を窓べりにかけると、そのままひょいと裸足《はだし》で裏の路地へと降り立った。無重力で月に降り立ったような心地だったが、歩いてみると、ぺたりぺたりと音がして、素足に夜のアスファルトが快い。

ゆるいが、風もあった。

いよいよ川は水の匂いを放ち、路地裏の名も無き草花がざわついている。

五十嵐さんは、そうしてしばらく路地の真ん中に立って川の気配に身をゆだねていた。

と、その足元を縫《ぬ》って、「そんなことにはまったくお構いなし」といった風情の小さな黒猫が通り過ぎて行った。猫の足も、ぺたりぺたりと音をたてている。

五十嵐さんは、なんだか無性におかしくなってきて、ひとり、声をひそめて笑った。猫は澄まして土手をのぼってゆく。五十嵐さんもそれに倣《なら》って、笑いながらそろそろと土手をのぼった。

まさか五十嵐さんも、本当に川の中を映画が流れているとは思っていない。

ただ、川を眺めたくなっただけだ。

あたりは静かで、橋の上に人影はない。どこへ行ったか、もう猫の姿もなかった。風だけがゆるやかに頬のあたりをかすめ、五十嵐さんは少し目を細めていつものように欄干にもたれて、おなじみの川面を眺めた。

見れば、川の中に鮮やかな色をした小さなものが流れている。

「まさか」

映画のかけらが——と乗り出して覗き込むと、どうやら、その正体は魚のようである。

誰かが川に放った金魚か何かだろう。いつぞやの夜に、五十嵐さんが認めたのも、こんな魚影だった。

普段は中洲のあたりにひそんでいるのかもしれない。しかし、今宵は川に映画が溶け出している。流れゆくラスト・シーンのかけらに惑わされて、おかしな夢でも見ているのだろうか。魚たちはいつまでも同じところを旋回していた。

それを目で追いながら、

「もう少し――」

と五十嵐さんは川に向かって呟いた。

さて、何がもう少しなのか？　と自分でも分からない。しかし、

「あともう少し」

言葉が勝手に出た。寒くもないのに、背筋が少し震えるような気がする。

すると、こちらの声が聞こえたのか、それとも、川を流れゆく夢のかけらにそそのかされたのか、赤く小さいのが、一匹、ぴしゃりと音をたてて水面を割った。

水の中の月がシャンパンの泡のように細かく砕け散った。

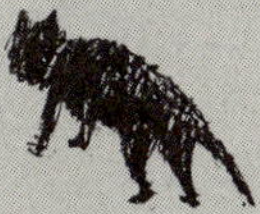

2 ミルリトン探偵局・2 川を眺める

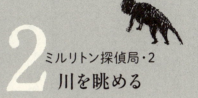

「台所水びたし事件」以来、わたしは水道の蛇口が気になって仕方がない。

あれからは父も反省し、順調に水は出ている。

それでもわたしは、ときどき蛇口の栓を意味もなくきゅっとひねったりして、ただ水が出るのをじっと見ていた。

そうしては、（すごい）と思う。

なにしろ、ひねるとすぐに出てくるのだ。えらい。

そのうち、それが次第に不思議になってきて、蛇口から水道管をたどって流し台の下を覗いてみたりした。その先はよく分からない。たぶん、地中を流れ、町を縦横に走って、そのずっと向こうには浄水場がある。

となると、町は人体にそっくりではないかと思う。

皮膚の下に血管が走り、動脈とか静脈とかがあったりして、心臓につながっている。そう考えたら、町を歩いていても、アスファルトの下を流れる水のことが気になってしょうがなかった。ふだん目に入らなかった電線やアンテナなんかも気になる。

思えば、町というのは、色々なものがつながり合って出来ていた。当り前のことだけれど、気になって観察してみると、こんなにも込み入った家々のすき間を縫って、よくぞつながっているものだと感心してしまう。

もし、わたしたちを取り囲んでいる建物や道路のすべてを透明にすることができたら、わたしたちの生活が、さまざまな「流れ」の中にあるということがよく分かるはず。いまこうしているあいだにも、壁の中や足もと深くを、水や電気が静かに流れている——。

「おかしなことに感心してるのね」

蛇口を見つめるわたしに母が言った。

「子供のときに感心し忘れたから、いま感心してるの」とわたし。

「いまどき、水道の蛇口から水が出てくるのに驚く人もいないと思うけど」

「水が出てくるのに驚いているんじゃなくて、この蛇口とつながっているいろんなところのことを考えると、頭がくらくらしてくるの」

「それは考え過ぎよ、おん。水道っていうのは、言ってみれば、家の中を流れる川と考えればいいんじゃない？」

川？

「大昔の人たちは、なるべく川のほとりに住居を構えて、常に水とともに暮らしていたんじゃないかしら。川の水を飲んで、川の水で洗い流して。それが原点。そして、それを合理的に細分化したのが水道管じゃない？」

「じゃあ、水道っていうのは、細かく流れる人工の川なわけね」

「細い細い見えない川ね。でも、見える川だって、町にはまだ少しあるでしょう？」

「この町には、もうないんじゃないかな？　みんな埋められちゃったから」

「私は荒川のほとりで生まれ育ったから、いつでも、すぐそばを大量の水が流れていると感じてた」

母の実家は東京の北側にあり、荒川まで歩いて五分とかからない。土手をのぼって川を望むと、すぐ目の前に大きな赤い水門があって、そこで荒川と新河岸川《しんかしがわ》の水が出合って、あらためて荒川と隅田川とに分岐してゆく。まるで、「水の交差点」みたいなところだ。

「なんだか、荒川を見たくなっちゃった」

わたしがぼんやりそう言うと、

「そうね、ひさしぶりに行ってみようかしら」

母がスケジュール帳を開いた。

とはいうものの、父も母もなかなか仕事に区切りがつかず、夏休みの終盤になっても、「荒川見物」の予定は立たなかった。わたし、ひとりで行ってもよかったのだが、

「お弁当を持っていこう」

と母が言うので、それは楽しそうだな、と思っているうち、あっという間に夏休みが終わってしまった。

学校が始まると勉強もあるし、友達とあちらこちらへ遊びに行く用事も出来る。なん

だか、どんどん川が遠ざかってゆくような気がしていたら、九月のお彼岸前の土曜日に、やっと父母の都合がついた。

わたしはすっかり遠足気分で、白い帽子をかぶって首から愛用のカメラを提げた。

秋近しとはいえ、まだまだ陽ざしが暑い。父は川に辿り着くまで、

「いつ、どこで、お弁当を食べるか」

とそればかりだった。そのくせ、いざ目の前に川が開けたら、急に遠い目になり、

「ああ、もう夏も終わるんだなぁ」

と、しんみりしている。

たしかに川から吹いてくる風の芯には秋があり、土手の草むらでは赤とんぼがうるさいくらい飛《と》び交《か》っていた。

「いいところよねぇ」

「やはり、川はいいよ」

二人してそんなことばかり言っていたが、たしかに川からは不思議な力が感じられ、水門を渡って小さな中洲に出てみたところ、あたり一面に花火の残骸が散らばっていて、

それがなんだか、とても綺麗に見えた。

（わたしがシンクだったら、間違いなく、これを拾って帰るなぁ）

そう思いながら、いつのまにか本当に拾っていた。

わたしの今日の「おみやげ」である。


そんなふうに、一日中、川を見ていた。

当たり前だけど、一日中、川は流れていた。

中洲の岸辺に立って川を見ていると、ときどき、気持ちがざわざわして落ち着かなくなる。川を見て育った母の血が騒ぐのかもしれない。

そう思って、母を見ると、母もじっと黙って川を見ていた。

あとで母に訊いたら、母は「母の母」――つまり祖母のことを考えながら川を見ていたという。祖母もまた、もちろん川を見ながら生きてきた人だ。

わたしは川のほとりに生まれ育たなかったことを、少しだけ残念に思った。

夕方、川からの帰り道を歩いていて、不意に父と母の足が、とある掲示板の前でとまった。掲示板に貼られているものを指差しながら、二人で「面白い」とか「いいね」などと言い合っている。

なんだろう、と近寄ってみると、雨水を吸って、ちょっとふくらんでしまった貼り紙に、〈水中映画の夕べ〉とあった。父と母はそこに記された映画のタイトルを読み上げては、「めずらしい」とか「これ、観たかった」と、ため息をついている。

父と母は自分たちが生まれた時代より、さらに昔の古い映画を観るのが趣味で、うちにはそうしたモノクロ映画のソフトがいやというほどある。わたしも、ときどき一緒に観たりするけれど、たいてい、いつも途中で眠ってしまう。

でも、「水中映画」というのは、何のことだろう？　ちょっと面白そうだ。

「どうも、そのあたりの川面に映画を映したみたいだね」

父にもよく分からないようだった。

「映した？」

過去形が気になって訊き直すと、

「いや、この貼り紙、たまたま先月のがそのままになっていて、残念だけど、もう終わってしまったらしい」

と父は本当に残念そうだった。わたしにはよく分からないが、その「川に映した映画」というのが、どれも貴重な作品ばかりだったらしい。

貼り紙にいくつかのタイトルが並んでいるのを、なんとなく目で追っているうち、

「あれ?」と思わず声が出てしまった。

『箱舟』とある。

もしかして、もしかすると、これは、このあいだシンクが持ってきてしまった大工のおじさんの「思い出の映画」?

念のため、

「この『箱舟』っていう映画は、どんな映画か知ってる?」

と父に訊いたら、

「いや、知らないなぁ。観てみたいねぇ。また、やらないかな」

とのことだった。

その夜の夢に、「川に投影された巨大な箱舟」が出てきた。

箱舟はやわらかい音楽にのって、ゆっくりゆっくり流されてゆく。映画なのに、まるで現実のように立体的で迫力があった。

「ああ、もう夏も終わりなんだねぇ」

どこからか、父のしんみりとした声が聞こえてきた。

夢から覚めると日曜日で、机の上には、きのう川辺で拾った花火の燃えかすがあった。それをぼんやりした頭で見るともなく見ていたら、急に、

（シンクはどうしてるだろう？）

と気になった。

ひさしぶりに円田さんのところへ遊びに行こう。『箱舟』についての新発見もあったことだし、それも報告しておきたい。

「ちょっと、ご無沙汰してしまいました。シンクは元気でしょうか」

ご挨拶申し上げると、円田さんは、

「いいところに来たね」

と嬉しそう。

「じつは、ここのところシンクが手ぶらで帰ってくることが多くてね、せっかく音ちゃんが〈探偵局〉の看板を掲げて張り切っていたのに、どうしたものかなぁと思っていたんだけど――つい昨日だよ、おかしなものをくわえて帰ってきた」

「また、おかしなものですか」

「というか、なんだかよく分からないものでね――これなんだけど」

円田さんは手品のようにどこからともなくそれを取り出してきた。

「ん？」

目の前にあるのは、たしかになんだかよく分からないもので、単純に考えると、「漏斗《じょうご》」のようではあったが、それにしてはバランスがおかしい。でも、この形はどこかで見たことがある。

「それで、円田大探偵の推理はどうなんですか？」

「そうだなぁ――どうやら、シンクは大工さんのところへ行くのはやめたようだね」

すでに推理は固まっているようだった。

「それでは、どちらへ？」

「そうねぇ――これはいささか大胆な推理だけど、たぶん、楽器を演奏する人に関係するところだろうね。それも、金管楽器かな」

（あ、なるほど）

急にその「かたち」をどこで見たのか思い出した。

学校のブラスバンド部でトランペットを吹いてた玲子ちゃんに見せてもらったのだ。

たしか、マウスピースというものだ。

「トランペットだけじゃなく、金管楽器はどれもこれが必要なの」

と、そのとき教わった。ただ、玲子ちゃんのマウスピースはもっと重厚な感じで、こんな安っぽいものではない。

「円田さん、これって、もしかしてマウスピースなんですか？」

「あ、音ちゃんも知ってるんだね。でも、これってマウスピースそのものではないよね」

「そうですね――」

「でも、よく似てる。そこで、こういう推理はどうかな。お金のない青年が主人公なんだけど――」

「はい」

「青年はトランペットが欲しい。音楽が好きなんだよ。でも、お金がない。仕方なく、マウスピースだけでも買おうかと思い悩むんだけど、そのお金すらない」

「悲しいですね」

「悲しい。それでね、青年は金物屋へ行くんだよ。そして、偶然これを見つける。たぶん、漏斗だと思うけど、これなら、ひとつ五百円くらいで買える。それで、これを口に当てて、とにかく吹く真似だけでもと必死に練習した」

「悲しい推理ですね。しかも、それをシンクが持ってきちゃったんですか?」

「いや、推理はまだつづくんだ」

「はい」

「青年は夏休みのあいだ中、深夜レストランの洗い場でアルバイトをすることにした。で、休憩時間になると、この漏斗のマウスピースをポケットから取り出しては、レストランの裏口でこっそり練習していた」

「なるほど」

「シンクはね、毎晩、その青年を見守っていたんだよ。まぁ、ハンバーグの余りなんかをいただくのが目的だったかもしれないけど」

「そうですね」

「そして、青年はアルバイトで得たお金を貯めて、念願のトランペットを手に入れた。漏斗は、もう必要ない。それで、シンクがいただいてきた――」

「そういうことだったんですか」

とは言ってみたものの、はたして、これが本当に漏斗なのかどうかは断定できない。たしかに、お料理のときに使いそうなものではあるけれど。

――もしかして、母なら分かるかもしれない。

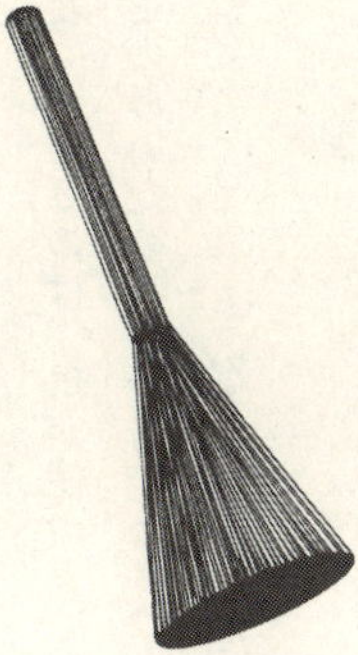

漏斗《じょうご》

Think's Souvenir

そう思って、わたしはそのニセ・マウスピースを拝借してゆくことにした。

「ああ。これは、お菓子をつくるときに使う道具よ。うちにも同じのがあるし」

母はわたしが差し出したものを見るなりそう言った。

やはり、そうだ。

「どこかで見た」というのは、母が使っていたのを見たのだ。

となると、このあいだの「小麦粉」ともつながるし、もしかしたら、大工さんではなく、「菓子職人のおじさん」という新しい推理も展開できる。


ところが、推理は意外な方へ進むことになった。

カレンダーが十月に変わって後半にさしかかったころ、シンクが新たな「おみやげ」を持ち帰ってきた。それが、「お菓子」にも「トランペット」にも関係なく、

「どうやら、トランペット青年ではなく化学青年のようなんだよ」

円田さんは机の上に並べた新しい三つのおみやげを睨んでいた。

その三つのおみやげとは、

1. 小さなプリズムがひとつ
2. 〈まだ見れます　欲しい人どうぞ〉と走り書きされたメモ
3. 〈燕　蝶　マウス〉と手書きで書いてあって、そのいずれにも「ＯＫ」とサインが記してあるメモ（これには10月6日の日付入り）

「謎めいてますね――化学青年？　でしたっけ？」

わたしも自然と腕組みをしていた。

「そう。化学青年はおそらく、ただいま実験中なんだよ。こないだの漏斗も、考えてみれば、実験道具みたいなもんだし」

（いえ、あれはお菓子に使う道具なんですけど）

喉もとまで出かかったけれど、せっかく円田さんが名推理を展開しようとしているのだから、茶々を入れるのはやめておいた。

「あの白い粉も薬品か何かなんだろうな」

（いえ、あれは小麦粉です）

「そして、プリズムね」

プリズムって化学の実験で使うものだったっけ？

「よおく見ると、このプリズム、端のところが欠けているんだよ。落としたか、あるいは何か強い衝撃を受けたみたいに。それで、実験には使えなくなってしまったんじゃないかな。じつは、僕も子供のときにひとつ持っていたんだけど、プリズム越しに何かを見たりすると本当に楽しくて――だから、おもちゃとしてはまだ使えるから、『まだ見れます　欲しい人どうぞ』ってメモを添えて、化学青年が大学の研究室の裏口に置いといたんだね」

「研究室ですか？」

「そう。古い校舎の奥にひっそりとある小さな研究室。蔦《つた》がからまってる感じの――」

「裏口っていうのは？」

「研究室の裏手に焼却場があるんだよ。実験で使ったもので、燃やしていいものはそこ

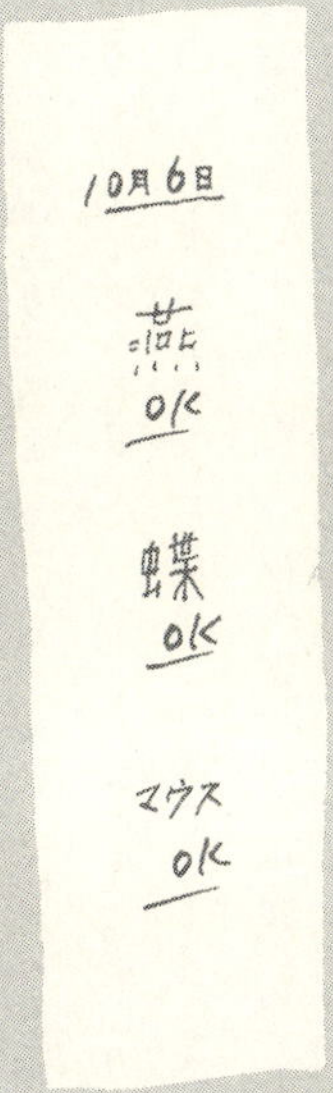

燕・蝶・マウスのメモ

Think's Souvenir

で燃やしちゃう。でも、使わなくなったビーカーとかフラスコなんかの燃えないものはダンボールに詰めて置いてあったりする。で、焼却場のおじさんっていうのがいてね、ときどき自分の息子が喜びそうなものをダンボールの中から持ち帰ったりするんだよ。プリズムとか、すごく人気があるんだろうな。息子の友達とかも欲しがったりして。リクエストが殺到してるんだよ。それで、研究室の青年もそれを知っているもんだから、傷がついたのが出たりすると、ダンボールの上にそっと置いて、『おじさん、これ息子さんにどうぞ』っていう意味で、そうしたメモを書いたりして——。露骨に、『おじさん、どうぞ』って書かないところが、この青年の粋なところでね。シンクは、そういうところへ遊びに行ってるんだよ。化学青年にも可愛がってもらっているし、焼却場のおじさんとも、すこぶる仲がいい」

「なるほど」

円田さんの推理を聞いていると、たしかにそう思えてくるから不思議だ。

「では、この〈燕　蝶　マウス〉というメモは何でしょう?」

「これは実験のチェックで使うメモだよね。それ以外、考えられない。どういう実験をしているのかは分からないけれど、長期にわたる実験なんだと思う。毎日毎日、燕と蝶とマウス――つまり鼠《ねずみ》だね、この三つの生き物を観察しては、『ＯＫ』って書いてる。日付も入れて。そう――もしかすると、あの白い粉に関係するのかもしれない。あの謎の薬品が、燕や蝶や鼠にどういう影響を及ぼすか。たぶん、そういう実験じゃないかな。今度、あの白い粉の正体を鑑識で働いてる叔父に検査してもらおうと思ってる」

たぶん、検査をする前に小麦粉って分かると思うけど――。

でも、焼却場のおじさんの息子が楽しそうにプリズムを覗いてる姿が、しっかり頭に焼きついてしまった。

わたしは〈まだ見れます〉のプリズムを親指とひとさし指でつまみ、本を枕にして夢を見ているシンクの顔をプリズム越しに覗いてみた。

鮮やかな虹色の光彩の中で、小さな黒いかたまりが、ひとつになったりふたつになったりしていた。

夜に猫が身をひそめるところ

奏者

*

そうしゃ

1

午前五時に起きる。
十月になると、いつでもこうだ。私は十月という月を隅から隅までしっかりと見据えていたい。眠っている場合ではないのだ。ものすごく眠いのだが、なにせ十月だ。

まるで水底のような
水底の水晶のような
水底の水晶のきらめきのような
十月

こんなことをつい書いてしまうが、私は詩人ではない。

いや、それとも私は、ひょっとして詩人なのかもしれない。時々、そう思う。詩人は職業ではないから。免許などいらないのだし。

たとえば、ホテルのフロントで、チェック・イン・シートの〈ご職業〉の欄に「詩人」と書いてみせたら、フロントの係員はどんな顔をするだろう？　時々、思ったりする。見て見ないふりをするだろうか。それとも、まじまじと私の顔を見るだろうか？

この男が詩人？　私は肩をすぼめて書き加える。

かっこ。十月だけ。かっことじる。

つまりこうだ。

〈ご職業〉詩人（十月だけ）

これはなかなかいい。なかなかいいが、なかなかそうは書けない。

私は自分のことを正確に表現するのが苦手だ。

というより、そもそも私は自分のことを次から次へと語るような人物が苦手だ。

詩人ならなおさら。

「本物の詩人」というものは、探偵やスパイと同じように自分が何者であるかを秘密にしておかなければならない。人に知れたらそれきりだ。価値が下がる。

だから、誰も「本物の詩人」の存在を知らない。それでよい。皆、誰も詩人になろうとしているだけ。詩人にならんとする過程。それでよいのだ。

しかし、なぜ私は詩人について、こんなに熱く語っているのだろう。私は詩人ではないのだし、そんなことはどうでもよいのに――。

そう、私は十月になると五時に起床するという話だった。

詩人としてではなく、あるひとりの小さなフレンチ・ホルン奏者として。

「小さな」というのは背のことである。私は小さい。子供のときからずっと小さかった。

しかし、小さくても立派にフレンチ・ホルン奏者になった。時々、思ったりする。ホテルのフロントで、チェック・イン・シートの〈ご職業〉の欄に「フレンチ・ホルン奏者」と書いてみせたら、フロントの係員はどんな顔をするだろう？ まさか、この男がフレンチ・ホルン奏者だって？

私はまた注釈を付ける。

かっこ。たぶん。かっことじる。

こんなものである。ある日突然、誰かに「あなたは何者ですか」と問われたら、一応それなりに答えたあと、

(たぶん)

と、付け加えずにはいられない。

これが〈身長〉の欄であれば「一五四・五cm」と、きわめて正確に記すことができるのに、不思議なことにチェック・イン・シートには身長を明記する欄がない。名前とか、年齢とか、職業などといった、正確な測定のできないものばかりだ。

世の中というのはこんなものである。(たぶん)である。

が、(たぶん)であっても仕事は仕事だ。

仕事の話をしよう。

私はいつも、朝のうちにその夜着用する燕尾服にアイロンをかける。その時点で、もう仕事が始まっている。

なにしろ燕尾服がパリッとしていると、すごく気持ちがいい。もちろん、白いシャツにもアイロンをかける。たっぷりとのりを付け、あちらこちらで「ぱりぱり」と音がする。

それから、おもむろにケースの中からフレンチ・ホルンを取り出す。この「おもむろ」が重要だ。おもむろに取り出して、おもむろに手入れをする。長年、フレンチ・ホルンと共に生きてきた、という感じで。

この楽器は起源が古い。三百年くらい前からある。あるいは、太古の昔の角笛にまでさかのぼってもいい。誰も文句は言わない。由緒正しい楽器なのだ。クラリネットとは歴史が違う。

心の中でそう呟きながら、磨く磨く。

そんなこんなで夕方になると、私鉄電車の各停に乗って都会へ出る。

ピンクやブルーに頭髪を染めた女の子たちを眺め、ひとり黙って楽譜と燕尾服とフレンチ・ホルンを抱えて坂道をのぼる。およそ十五分ほどで、私の所属する楽団が定期演奏会を行っているホールに到着する。

受付のジェントルマンに楽団の団員証を提示する。ジェントルマンはノートに証明番号を書き写しながら「今日の演《だ》しものは？」と訊いてくる。彼は決して顔を上げない。それでいて、私のことをしっかり認識している。

「ブルックナー・ナンバー・セヴン」

私はそう答える。余計なことは話さない。もちろん楽屋でも。黙って鏡の前で燕尾服に着替えて蝶ネクタイを結ぶ。時々、思ったりする。いま、この地球上で蝶ネクタイをしている男はいったい何人いるだろう？ 鏡の中の自分に苦笑する。

そして、ケースからフレンチ・ホルンを取り出して両手で持つ。

ハンカチも持った。

「さぁ、本番」

拍手の中、自分の席にすみやかに腰をおろし、少しだけ吹いてみる。

フレンチ・ホルンを奏する最大のこつは唇の形だ。なんというか、アルカイック・スマイルというのか、唇の両端を少し上げ気味に維持する。そうして腹の底から息を吐くと、閉じられた唇の中心にわずかな吐き出し口が生じる。この狭められた口の振動とホルンのマウスピースとの絶妙な接触が音の麗しさを決定してゆく。緊張は禁物だが、私の所属するオーケストラは、ときどきその演奏がテレビで放映されることがある。今夜がそうだ。私たちはカメラに囲まれている。

「絶対にカメラの方を見ないこと」

そう言われている。そう言われると、余計に唇が緊張する。いやはや。

楽譜を確認。ブルックナーの「第七番」。

これから私は百年以上前にアントン・ブルックナーが作り上げた「音」の地図を前に、フレンチ・ホルンのパートのみを、ひたすらなぞってゆく。私がそれをなぞることによって、奏でられたものが他のさまざまな楽器と絡み合い、ひとつの世界を現出することになる。世界が地図を作らせるのではない。地図が世界を再生するのだ。

そう、この世界は空気が震えることによって、その輪郭《りんかく》が与えられる。

しかしながら、どのように空気を震わせればよいのか——。

その手順の解説と道行きの地図が「楽譜」というものだ。

この地図は更新されることがない。どれだけわれわれのこの世界が醜く変容しようとも、ブルックナーの頭の中に生まれたひとつの世界は、百年以上が過ぎた今日のたったいまも、ほぼ完璧《かんぺき》に再現される。ピンク色の頭をした女の子たちがうごめく街のはずれで。目には見えないひとつの旅として。

ブルックナーにしてみれば、そんなことは思ってもみなかったろう。

私はその見えない旅行者のひとりだ。

私はこの旅程において、あらかじめ指定された地点にさしかかると、この渦巻き型の管の中に「息」を吹き込む。それが私の仕事だ。渦巻きは空気に特別な「震え」をもたらし、数メートル離れた場所で、やはり特異な空気の震わせを実行しているチューバ奏者と共鳴したりする。そして、また世界が広がる。この連続だ。

しかし、こんなことはお互い決して口にしない。

指揮者の合図によって、「世界」が開始されても、しばらくは、ただ黙って座っている。ひたすらに座って待って、地図と耳で「世界」を追ってゆく。

ただ座っている。黙って座っている。ひたすらに。

そして、ようやく「吹く」ときがくる。

指揮棒が合図を送ってくる。

よし。

渦巻きに「息」を吹き込む。吹き込む。吹き込む。おわり。

そして、何ごともなかったかのように、また黙って座りつづける。

肺活量関係の問題で少し顔が赤くなっているだろう。しかし、だからといって興奮してはいけない。冷静さを取り戻す。何もおかしなことではない。この百年、数えきれぬほどの旅行者が正確に繰り返してきたことだ。ひたすら座りつづける。それでいいのだ。

余計なことは考えない。ただ黙って座っていればいい。

この世界には自分の役割というものがあるのだ。

座っていればいい。黙っていればいい。

そしてまた、「吹く」ときが近づいてくる。

指揮棒が閃《ひらめ》く。

よし。

激しく渦巻きに「息」を吹き込む。吹き込む。吹き込む。おわり。

そして、またずっと座りつづける。蝶ネクタイをしたまま。

ため息などついたりしてはいけない。カメラの方を見てはいけない。不覚にも眠ってしまったら一大事だ。世界が乱れる。

黙って待つ。待つ。待つ。そして、いよいよまた、「吹く」ときがくる。

よし。

吹き込む。吹き込む。吹き込む。おわり。


そして演奏会が終了する。

燕尾服を脱いで、蝶ネクタイをほどく。ホルンについた指紋とマウスピースの中にたまったつばをガーゼできれいに拭きとり、おもむろにケースにしまう。

ホールを出るとき、受付のジェントルマンが顔を上げずに訊いてくる。

「次回は？」

うつむいたジェントルマンの頭のつむじがはっきり見える。きれいに渦を巻いている。

私はそれを見つめながら「次回」のことを考える。

しかし、考えるまでもない。

「ブルックナー・ナンバー・セヴン」

旅はつづくのである。

2

本当はテレビ装置を買おうと思っていた。

こつこつと貯めてきた小銭がちょうどそれくらいの額になっていたのだ。

私は切実にテレビ装置を欲していた。長いこと見つづけてきたテレビ装置が、あるとき「ぷつり」と音をたてて壊れて以来、ほとんどテレビ放送というものを見たことがない。

しかし、なんだかこのごろ、どうしてもテレビ放送を見てみたいのである。

新聞のテレビ欄は端から端まで熟読している。そうしては、ため息が出る。本当に見たいものばかりだ。私は見たい番組を赤鉛筆で囲んだりする。それだけでいい。印をつけたことで、私はもうその番組とつながっている。約束をしているのだ。何かを共有している。私はそう思う。

ときおり——それはたいてい午後九時くらいのことだ——仕事の打ち合わせやリハーサルなどをしているとき、ふと赤丸で囲んでおいた二時間ドラマのことを思い出す。

このたったいま、私の知らないところで、私が赤丸を付けたドラマが進行している。

だから、私はひとりではないと思う。こんな考えはおかしいだろうか。

いや、おかしいかもしれない。録画の予約をしてきたのならともかく、録画どころかテレビ装置すらないのだから。

それで、私はテレビ装置を買うことに決めていた。

もう、頭がおかしくなりそうだった。

にもかかわらず、私は新しいフレンチ・ホルンを買ってしまったのだ。

いや、少しも新しくない古いフレンチ・ホルンである。これまで使ってきたものよりずいぶんと古い。古いが、音はすこぶる良い。衝動買いだった。テレビ装置のことは忘れていた。それくらい素晴らしいフレンチ・ホルンだった。

修理に出していたのである。愛用のフレンチ・ホルンを。

〈ナガサワ〉という楽器屋があり、私は大学の素人《しろうと》楽団員のときから、楽器に関することは、すべてそこにお願いしてきた。

その日は休日で、〈ナガサワ〉から「メンテナンスが終わりました」と連絡を受け、さっそく取りに行くことにした。おかしなことだが、いっときでもフレンチ・ホルンが自分のかたわらにないと、どうにも落ち着かないのだ。

そもそも、私は練習というものが好きではないし、演奏会のない日はフレンチ・ホルンのことなど考えもしない。

が、いざ手元にホルンが存在しないと、勝手に指が動き出してしまうのだ。どうしてなのか、すごくいい調子で指が動き、ブルックナーだろうがなんだろうが簡単に吹けそうな気がする。唇はアルカイック・スマイル状になり、自然と腹式呼吸を始めている。

いつもの倍ぐらい息が長くつづいたりして――。

それで、〈ナガサワ〉へ向かう電車の座席に腰かけていても、どんどん指が動いてしまう。本当はホルンの技巧と指の動きの速さはあまり関係ないのだが、オーボエ奏者並みにものすごい速さで動き、自分でも信じられないようなテクニックが駆使されている。

そして、気づけば、アルカイック・スマイルだ。

きっと、フレンチ・ホルンの方が私の体を遠隔操作しているのだろう。

乗客の皆が私を見ている。私はアルカイックなままうつむく。

あるいは、乗客の中に私が所属するオーケストラのファンの方がいらっしゃって、私の顔をテレビで見て覚えているかもしれない。

テレビ――。

そう、テレビだ。テレビを買わなくては。

テレビを買えば、私がどんなふうに映っているのかも分かる。よし。いいぞ。意識がぐんとテレビの方へ移行する。

しかし、またいつのまにか指がものすごい速さで動き出している――。

駅から〈ナガサワ〉まで走った。走らずにはいられなかった。

そして、異常なほど息を切らして、〈ナガサワ〉に辿り着いた。

おそらく、この世に存在するあらゆる店舗の中で、老舗《しにせ》の楽器屋くらい沈黙に支配されたところはない。人は音を発するものの前では、なぜかしら声をひそめるものだ。特に〈ナガサワ〉のような貴重なクラシック楽器を揃えた店では喋り方まで厳粛になる。

「ひそひそ……これはまた結構なフリューゲルホーンでございますね……ひそひそ」

「そうでございましょう？　年代ものでございますよ……ひそひそ」

そうしたところへ、突然、激しく息を切らした小男が駆け込んでくる。

私のことだ。

もしかしたら、アルカイックなままかもしれない。

「あの……ホルンです、私のホルン……」

と息も絶え絶えに。

しかし、修理師の西島さんは、毎度のことなので、顔色ひとつ変えることはない。

私を認めると、店の奥にさがった赤いカーテンの向こうへすっと消え、私は荒い息を整えながらカーテンを見つめている。カーテンの生地はビロードか何かなのか、そよとも動かない。私は肩を上下させている。

妙な間合いだ。いつもそう思う。物音ひとつしない。

私はしだいにカーテンの方ににじり寄っていく。すべての音がそこへ吸い込まれてゆく。背後ではフリューゲルホーンを手に取って、ひそひそと話している店員と客の気配だけがある。その声も少しずつ遠のいてゆく——。

どうしたのだろう。西島さんはなかなか戻ってこない。

カーテンのずっと奥の方に修理のための工房があり、そこまで私のフレンチ・ホルンを取りに行っているのだろう。

それにしても静かだ。静か過ぎる。

もしかして、カーテンの向こうは洞窟《どうくつ》になっているのではないか？

あるいは、カーテンの向こうに秘密の抜け道があり、西島さんはどこか遠くへ行ってしまったのかもしれない。

大体、こんなに待たされるのなら、何も走ってくることはなかった。

――と、そこへ西島さんがいきなりカーテンを割って現れた。彼が着用している黒いセーターのせいで、洞窟の闇が滲み出てきたかのようだ。

「すっかり直りました。いいホルンですね、これは」

そう言いながら、西島さんは抱えていたケースの中から私のホルンを取り出す。

私はそれを受け取る。

いつもどおりの
ひんやりとした十月のホルン
私のホルン

私は急に詩人めいた冷静さを取り戻す。

「しかしながら、どんなにいいホルンでも故障はします」

西島さんはそう言って、またカーテンの向こうにすっと姿を消した。

沈黙――。

なんだろう？　いちいちカーテンの向こうに消えないと話がつづかないのだろうか。

ところが、しばらくして、音もなくカーテンが割れ、ふたたび西島さんはホルンのケースを抱えて現れた。私のとは違う黒い革張りのケースだ。それがまた闇を抱えてきたかのように黒々として、なんだか怖いくらいである。

「あなたに、ちょうどいいと思って」

西島さんはそう言いながらパチンパチンとケースの留め金をはずし、勿体《もったい》ぶって、ゆっくり開いてみせた。

黒い闇の気配があたりにたちこめるのではないかと身構える。

しかし、私がケースの中に見たのは、妖しい輝きを放つ不思議なホルンだった。何色ともいえない。一応、金色のようではある。しかし、それだけではない。どこか黒い。どこか赤い。それも微妙な黒やら赤やらがみるみる変幻する。

私がその色合いの妙を西島さんに告げると、

「いや、これは金色です。赤いのはカーテン。黒いのは私のセーターが映りこんでいるのでしょう」

西島さんはそう言って、ケースからホルンを取り出した。なるほど、ただの金色かもしれない。

「おととい入荷したばかりです。うちのバイヤーが、ハンガリーの古楽器屋で見つけたものです。少し小ぶりですが、素晴らしい音色です」

西島さんは、「どうぞ手にしてみて下さい」と言う。

私はそのホルンの管にそっと手をあてた。

つめたい。

それは私のホルンよりもはるかにひんやりとしていて、私は思わず目を閉じた。

指先が十月の夜気そのものに触れているようだ。それは深くて甘やかな闇である。

「買いましょう」

瞬時に決めていた。

フレンチ・ホルンのことなら、触れただけですべて分かる――という感じで。

ずいぶんと長い説明になってしまったが、そういうわけで私はテレビを買えなかった。あとで〈ナガサワ〉から請求書が送られてきて、心底驚嘆したが、実際、ホルンはとてもいい音をしていた。

限りない可能性を秘めた
私の新しくて古い十月のホルン

重ねて言うが、私は詩人ではない。しかし、「十月のホルン」という題で、つい詩など書いてしまった。おそらく、「十月のテレビ」では、詩を書くのは難しかったろう。

3

とはいえ、どうしてもテレビ放送は見たい。

テレビ放送というものは毎日ある。

私は新聞のテレビ欄を見るたび、自分はとんでもない損失をしているのではないかと恐ろしくなる。これだけの番組を、私はひとつも見ることなく過ごしてきたのだ。

計算してみた。

私は約八年間、テレビ放送を見ていない。衛星やケーブルで放映されるものを除いても一日平均二百五十本くらい受信可能な番組がある。すると、一年で九万千二百五十本。八年となると、七十三万本もの番組が放映されたことになる。

この八年間、私の頭上を七十三万本もの番組が電波となって飛び交っていたのである。

そう思うと、私は残念でならない。

私はひとつも受け取れなかった。受信装置を持っていなかったばかりにだ。

私は空を見上げる。一見、何の変哲もない空だ。

しかし本当は、この空のあらゆるところに「連続テレビ小説」や「野球中継」や「みんなのうた」なんかが送られてきている。肉眼では見えないだけ。これは大変なことである。どうなってるのかと思う。写真に写らないものかと思う。

そしてまた夕方が来て、私はまた演奏会場へ向かう。

買いたての新しい古いホルンを抱えている。すなわち、あの闇の煮こごりのようなケースを抱え、その一点を除けば、すべていつもどおりである。

どこかの家の柱で十月の日めくりが一枚、また一枚と破りとられてゆく。

受付のジェントルマンのつむじも順調に巻かれている。

「今日の演しものは?」

「ブルックナー・ナンバー・セヴン」

楽屋で燕尾服に着替えて鏡を見る。燕の尾の部分がどうも長く感じる。背が低いせいだろう。カラスのようだと言われたことがある。カラス。いいじゃないか?　カラスの何が悪いのだ?

おもむろにケースからホルンを取り出す。

やはりいいホルンだ。少しだけ吹いてみる。このホルンは、まるで遠い闇の向こうから聞こえてくるかのように安らかな音を奏でる。

が、おかしい。

その音が出てこない。

ふうっっ。

駄目である。何かが管の中につかえている。覗いてみる。闇だ。

しかし、気のせいなのか、ぽつりと赤いものが微《かす》かに見える。なんだろう？　ここには黒いセーターも赤いカーテンもないのに。

こうした場合の対処法はいくつもあるのだが、最も手っ取り早いのは「吹き出し作戦」である。まず、とにかく吸えるだけ息を吸う。吸う。吸う。吸う。そして、マウスピースに口を当て、今度は思いきり息を吹き込む。吹き込む。吹き込む。

ぽこり。

何かが出た。やはり赤いものだ。小さな赤いもの。おそるおそる手に取ってみると、どうやら手帳のようである。それにしても小さな手帳だ。親指とひとさし指で、かろうじてつまめるくらいのもの。これはもう手帳じゃない。「指先帳」と言うべきだ。

なぜ、こんなものがホルンの管の中に入っていたのか――。

両手の指先を総動員して、その「指先帳」のページをめくってみる。と、中はびっしりと字で埋められていた。英語ではない。ドイツ語でもない。フランス語でもなさそうだ。たしか、ハンガリーの古楽器屋で見つけたと西島さんが言っていた。あるいは、ハンガリー語かもしれない。もちろん、まったく読めない。大体、こんなに小さな文字を、どうしたら書けるのか。針のようなペンを使ったのか？　ところどころに、スケッチ画が何枚か入っている。どれも舟を描いたものらしい。舟を取り囲んだ人々の絵もあり、人の大きさに比べてかなり大きな舟のようだ。

箱舟？——だろうか。

本番の召集がかかる。

私は「指先帳」を胸の内ポケットにしまい、あわただしく舞台袖へ出てゆく。

舞台袖——そこはカーテンの迷宮だ。

いくつも同じような黒いカーテンがさがっている。それで空間がみっつよっつに仕切られ、ひとつ間違えると容易に抜け出せなくなる。若いときは、よくこれにやられた。

じたばたするほど、カーテンに巻き込まれる。まるで生き物のように顔にまとわりつき、あるとき、ついに息が出来なくなった。幸いチューバ奏者の二宮君に救出されて、なんとか助かったが、この世には舞台袖でカーテンに巻きこまれて死亡ということだってあり得る。

恐ろしいことだ——。

カーテンに惑わされぬよう、フルート奏者の駒田さんについてゆく。

駒田さんはすごく変わった人だが、まっすぐしっかりと歩いてゆく人なので、このときばかりは絶大な信頼を寄せている。

席に着いたら楽譜を確認。ブルックナーの「第七番」。ＯＫ。

ハンカチを確認。ＯＫ。

もっとも、この時点で忘れたことに気づいても、もう手遅れである。すぐにも指揮者があらわれ、振り上げられたタクトに沈黙が集まる。

さぁ、演奏開始。

なにしろ長大な曲だ。完奏するのに一時間以上はかかる。

しかし、素晴らしい曲である。奥が深い。どこまでも深い。これはレコードやCDを聴くだけでは分からない。この曲の内側には、なにやら見知らぬ気圏があり、それが大きくなったり小さくなったり渦を巻いたりしている。私たち演奏者は、そのただ中にあり、次第に奥へ奥へと巻き込まれていく——。

その見知らぬものに。

カーテンではない。何かもっとすさまじい勢いを秘めた静かなものだ。

私はとりわけ第二楽章〈アダージョ〉のパートに得もいわれぬ神秘を感じる。ここにはとんでもない秘宝が隠されている。ところどころに秘密の抜け道があり、それを辿って進むと、奥の奥に巨大なものがぼんやり見えてくる。演奏のたび、私はその正体を見きわめようと試みる。大いなるものの気配を。

しかし、それは必ず「あともう少し」というところで闇の向こうに消えてゆく。あとには何も残らない。ただ透明な水のようなものだけが充ちている。これまで何度も重ねてきた本番でもリハーサルでも常にそうだった。

ところが、今夜は勝手が違った。

それは、第二楽章の第二主題に突然やって来た。なんの前触れもなく。たちふさがる壁のように。もちろん、最初はそれが何なのかよく分からなかった。しかし、ただの壁のクローズアップに始まり、しだいにカメラが引いてゆくようにして、その姿が浮かび上がってきた。

舟である。

舟――私は内ポケットにある「指先帳」のスケッチ画を思い出していた。あの指先ほどの小さなスケッチ画の残像がレンズで拡大され、巨大な幻影となって私の頭の中にある。

しかも、それは動いている。ゆっくりと私から遠のいてゆく。

箱舟？　と言えば、あの「ノア」の？

もちろん、私は「ノアの箱舟」など見たことはない。現物はもちろん、挿絵《さしえ》やイラストの類《たぐい》もはっきり見た記憶がない。それでいて、これこそが「ノアの箱舟」だと確信している。おかしなものだ。それがまた、どんどん遠くなってゆく。

ということはつまり、私は箱舟に乗り遅れてしまったわけだ。よりにもよって、「ノ

ア の箱舟」にである。どうして私ひとりだけが取り残されたのか。背が低かったせいか？　いや、それともテレビを見ていなかったせいか？　そうかもしれない。テレビで放映したのだ。どのようにして箱舟に乗り込んだらいいのか、「すべて見せます」と謳った番組で。

いやはや、なんということ。

次の日は昼の公演だった。

買いたての新しい古いホルン。

ジェントルマンのつむじ。燕尾服。蝶ネクタイ。すべていつもどおり——。

舞台袖で駒田さんを探し当て、カーテンの迷宮をすり抜けてゆく。

拍手。楽譜。指揮棒。そして、演奏開始。

まずはベートーヴェンの「レオノーレ序曲第三番」。短いオードヴルだ。これで観客の期待を高め、「さて」という感じでブルックナーを開始。今夜も「第七番」。

通常、連日連夜、同じ交響曲をつづけて演奏することはない。これは客演指揮者の気まぐれによるものだ。しかし、私にとっては幸いで、昨日の「箱舟」をもう一度見ることができるかもしれない。今日は乗り遅れることなく素早く対処しよう。私だって皆と一緒に「箱舟」に乗ってみたい。

もし、「創世記」に記されたような大洪水がやってくるなら、なおのこと。

さて――。

第二楽章。第三十七小節。モデラート。

やはり、それはクローズアップでやって来た。

昨日より、はっきり見える。箱舟の横腹の細かい木目や、こびりついた泥と干草まで確認できる。だが、もっとよく見ようとすると、途端に離れて逃げてゆく。ゆったりしているようで、じつは、かなり激しい水の勢いに流されているのだ。

私はまた取り残される。

思わず、「ちょっと、待って下さい」と声をあげそうになる。

だが、演奏中――それも〈アダージョ〉のやわらかい雨のような演奏の真っただ中で

ある。突然、ホルン奏者が、

「ちょっと、待って下さい」

と叫んだら、指揮者はどうするだろう。

もしかして、ちょっと待ってくれるのだろうか？

箱舟よ
どこへでも行くがよい
私はここにただひとり残る
このやわらかい雨に打たれて

私は即席の詩を唱える。冷静と諦念とに身を置いて。

そして、静かにホルンに手を当て、その冷たさを指先に覚える。

箱舟は消え去った。

第二楽章が終了し、指揮棒が音の洪水を吸い上げるようにして宙に止まる。

私は我に返る。旅をつづけなければならない。

昼の公演だったので、仕事を終えてホールの外に出るとまだ夕方だった。

楽団員の多くはホールの地下にある駐車場に直行し、それぞれの愛車で帰宅する。楽器と燕尾服、それに楽譜などが詰まった大きな鞄。どれも大切なものばかりだから車は重宝する。しかし、私は免許証を持っていない。もし、私がチューバ奏者であったら、まず間違いなく車に乗っていただろう。しかし、フレンチ・ホルンというのは微妙な大きさだ。ケースを肩に背負って電車に乗っていても、大してまわりに迷惑はかからない。私が小柄であることも手伝っているだろうが――。

ホールを出ると、すぐ目の前に大きな公園がある。森を擁した公園だ。

都会の中の森であるから、そこへカラスが帰ってくる。私はそれをぼんやりと眺める時間を好む。大荷物であるし、疲れてもいるのだが、夕方の風の中に立ち、次から次へと帰還する黒い鳥が空に舞っているのを見る。なぜだか気持ちがほどけてくる。

さて、カラスよ
諸君が往来するその空に
テレビ放送なるものが飛び交っているのをご存じか？
諸君には、それを感じることが出来るのか？

本日の演奏は、数日後にテレビ放映される予定だと聞いた。少なからず私も映っているだろう。すなわち、私もまたこの空を飛び交うのだ。

4

その日は休日であった。
駅前の商店街に出て、本屋でハンガリー語の辞典を探してみた。
しかし、見つからない。店の人に訊ねると、「お取り寄せになります」と言う。それはそうかもしれない。私の住んでいるこの小さな町に、ハンガリー語を必要としている人がいったい何人いるのか？　私にしても、特にハンガリー語を勉強したいわけではない。

ところが、古本屋を覗いたら、難なくあった。まだ出たばかりの新しい版で、手付かずの真新しい函に入っていた。妙な話だ。この小さな町に住む誰かが、ハンガリー語の辞書を引いて何か調べたりしたのだ。

たとえば、ハンガリー語で「カラス」はなんというのか？　「爪切り」はなんだろう？「アザラシ」は？　「ふくらはぎ」は？——というふうに。

それはいかなる理由によるものであったか？

そして、なぜすぐに売ってしまったのか。

ぼんやりと思いをめぐらせながら棚を眺めていると、驚いたことに、もう一冊、『ハンガリー語辞典』があった。夢のような気がしたが間違いない。そればかりか、その隣には、『ハンガリー——ドナウ河の曲がり角』という分厚い本もある。よく見れば、『ハンガリーの菓子職人たち』『ハンガリアン・ライフ・スタイル』などという本も並んでいる。

どうしたというのだ？　私の知らないあいだにハンガリーが注目を集めているのか。やはり、テレビか？　特集があったのかもしれない。「すべて見せます」だ。テレビがハンガリーのすべてを見せてしまったのだ。それで、この町に住む誰かが興味を持った。それまで、ハンガリーのことなどなにひとつ知らなかったのに。

私はなんとなく、そそくさと『ハンガリー語辞典』を購入した。

少しばかり嬉しいような気もした。私の場合は、例の「指先帳」に記された文字の解読のために購入したのだが、町の誰かは何を調べたのであろう？

『ハンガリー語辞典』を小脇に挟み、私は夕方のスーパーで買い物をした。

椎茸を買った。長ねぎを買った。しらたきと鶏肉を買って、辛口マヨネーズとしょうがを買った。不思議なことに、『ハンガリー語辞典』を小脇にはさんで買い物をしていると、すべてが別の世界の出来事に思えてくる。こちらの心持ちにも変化が兆し、なぜかパプリカに注目し、荒挽きポークに注目し、ドライフルーツのコーナーを十五分も費やして物色してしまった。

結局、私はまったく買う予定のなかったオイルサーディンやマッシュルームやフィンガー・ビスケットなどを購入していた。それらに理由もなく「ハンガリー」を感じたからだ。

予想外の大荷物。

それでも私は心愉しい気持ちになり、いつもの家路を少し遠回りなどしてみた。そちらの道で帰ると、途中にいまどきめずらしい砂利道があり、そこをザクザクと大股で歩くのがいいのだ。男の帰り道という感じで——。

ところが、砂利道にさしかかったところで思わぬ衝撃が走った。

砂利道の端にテレビがあったのだ。

もう一度太い字で書きたい。

テレビがあったのだ。

ゴミ捨て場の隅にでんとあった。でん、である。じつにでかい。でかいテレビ。それも当世風の横に大きなタイプではなく、私が小学生のころ——忘れもしない万博の年だ——に父がライトバンの後ろに無理やり積んで買ってきたのと同じものだ。図体はでかいが、その割に大して画面は大きくない。そのかわり、やたらと調整スイッチだのコントローラーだのがいくつも付いている。そして、そのつまみが、ことごとく外れやすい。思えば面倒なテレビだった。

ずっと忘れていた。ずっと忘れていたものが、いきなり目の前に出てきた。

よく見ると、側面に小さなメモ書きがセロテープでとめてある。

「まだ見れます　欲しい人どうぞ」

頭の上を夕方のカラスが飛んでいった。

私は両手にスーパーの袋を持ち、小脇に『ハンガリー語辞典』を挟んだまま、息を殺してテレビを見つめていた。

(大人になったものだ) と思う。

背は相変わらずだが、私はいつのまにかひとりでマッシュルームなど買っている。

小脇には『ハンガリー語辞典』だ。

いったい誰が予測したろう
大人になるとはこういうことだったのだ
だがしかし、
失われたテレビのつまみは
まだ見つからない

私はひとりさみしく笑う。そして、ものすごい横目でテレビを意識しながら通過する。
まだ見れます。まだ見れます。欲しい人どうぞ。欲しい人。欲しい人――。
カラスが笑う。砂利道も笑う。
そうだ、ハンガリー語で「砂利道」は、なんというのだろう?

寝つけなかった。

ゴミ捨て場のテレビのことが気になって仕方ない。

シャワーを浴びているときも、夕食の準備をしているときも、それを食べているときも、後片付けの洗い物のときも、食後に甘いものを食べてコーヒーを飲んでいるときも、さらには、洗面台の鏡を見ながら歯を磨いているときでさえ、私はあの大きなテレビのことを考えていた。時間が経つにつれ、

「いいテレビだった」

と回想している。いや、回想しているのは、私が子供のときに見ていたテレビの方だ。そんな、どこかにいってしまったはずのものが、すぐそこのゴミ捨て場にある。

しかも、「まだ見れます」だ。


「よし」

私はナイトキャップをはずした。

「これはきっと決められていたことなのだ」

寝間着を脱いで、ジーンズにトレーナーを着た。

私は運命論者だ。私という人間は、こうして夜中にテレビを拾いに行ってしまう運命だったのだ。私はあのテレビを救うために八年間もテレビ装置なしで生きてきた。きっとそういうことだ。


しかし、重い。

運命とはこんなにも重いものなのか。

砂利が足の裏に突き刺さる。

それに、私がこんなふうにしてテレビを持ち去ってしまうところを誰かに見られたらどうしよう？　私はときおりテレビに映ることがあり、近所ではちょっとした有名人だ。

「いやぁ、まだ見れるんですよ、これ」

誰かとすれ違ってしまったら、そう言おう——。

ただ、これを投棄した本人にばったり会ってしまったら、そのときはなんと言ったらいいのだろう？

「運命なのです」

真顔でそう言ってみようか。

しかし、十月の真夜中である。

運命は私を夜陰に紛れ込ませてくれた。ゴミ捨て場から私の部屋まで二十分。誰にも会うことなく無事に運び込んだ。誰にも知られることなく——。

砂利道の端で小さな黒猫が私の様子をじっと見上げていただけだ。


さすがにぐったりした。

私はテレビ装置を玄関に置いたまま、手を洗ってすぐに寝てしまった。

仕事は終わった。運命も完結した。もう何もあわてることはない。そう思った。

ところがしかし——。


午前五時に起きた。

その日はリハーサルがあったので、のんびりしてはいられなかったのだ。

すみやかに朝食を済ませ、燕尾服にアイロンをかけると、

「さぁ」

という感じで玄関のテレビを居間に運んだ。

いよいよだ。ついについに。

私は人生で最高に口元がほころんでいた。雑巾できれいに汚れを拭きとって乾拭《からぶ》きもした。でかい。本当にでかいテレビだ。しかし、汚れを落としたらまったくもって綺麗で、そこだけ七十年代が終わっていないような妙な新鮮さがあった。

私は手を洗いなおし、なぜかテレビの前に正座している。

十月二十三日、午前七時十五分――。

私は八年ぶりに自分の部屋の居間でテレビのスイッチをONにした。

黒画面。黒画面。まだ黒画面。まだまだ黒画面。ちょっと音。音。音。光。光。

少しずつ。少しずつ。そして、ついに――。

映った。映った。映った。

天気予報だ。天気予報だ。

私はまったく冷静ではない。これまで演奏旅行の宿泊先でテレビを見る機会はあった。しかし、少しでも見入ってしまったら、どうしてもテレビを買わずにいられなくなる。そうなると必然的に仕事がおろそかになる。(それはいけない)と自分に言い聞かせ、宿泊先では「テレビを片付けて下さい」とお願いしてきた。

大体、ブルックナーはテレビなど見ていなかった。だから、あれほど偉大な曲を作ることができたのだ。そうしたものを演奏するのであるから、やはり、テレビなど見ない方がよい――。

だが、もう限界である。

これ以上、テレビを禁じていたら、私は頭がどうにかなってしまう。だから、ノアにお告げがあったように、私にも運命がめぐらされたのだ。

八年ぶりの天気予報――。

感動である。すごいことになっていた。日本列島が異様なほど立体的になっていて、各地にズームしたり、雨量などもことごとく立体で示される。「スペクタクル天気予報」というべきだ。どうも明日は雨らしい。「風も強くなります」と断言し、ふたこと目には「ヘクトパスカル」と言っている。未来に来てしまったみたいだ。「ヘクトパスカル」とは何だったろう？　ハンガリー語か？

「警報です」

アナウンスが入った。

「御覧の地域に洪水警報が出ています」と。いくつかの地名が示された。

洪水警報？

その言葉が私に激烈なショックを与える。

洪水？　本当に洪水が来てしまうのか？　洪水が来るなら、やはり箱舟を用意しなければならないのでは？

私は冷静ではなかった。いちいち、ショックなことばかりだ。

なによりショックだったのは、この大きなテレビがカラーで映らなかったこと。

最初はカラー調整が乱れているせいだろうと思っていた。なにしろ、調整つまみならいくらでもあり、私は長い時間をかけて端からすべてひねってみた。

しかし、画面は依然として白黒だった。

壊れている——。

そういう残念な結論が出たのは午後になってからだった。

たしかに「まだ見れます」に偽りはない。

「ただし白黒です」

そうひとこと、書き加えて欲しかった。贅沢だろうか？

私の運命は白黒であった——ただそれだけのことなのかもしれない。


リハーサルのあいだも私はテレビのことばかり考えていた。

十月は〈特別演奏会〉が立て込んでいる。ドイツから来日した客演指揮者もブルックナーの「第七番」を選んだ。ずいぶんともめたが、異例ながら、またこの曲をやることになった。

私は何度も指揮者から注意を受けた。

「ぼんやりしてはいけません」

ドイツ語でたしなめられた。

そのとき私は、今夜放映される「二時間ドラマ」に対する期待と、それを白黒で鑑賞することになるであろう自分の運命について熟考していたのだ。

白髪の指揮者は、

「このモデラートのところで、ひとつの光がプリズムによっていくつにも分散されるような音色にしたいのです」

と楽譜を示した。

プリズム――。

私はふたたび運命の糸をたぐり寄せていた。ひとつの記憶が甦《よみがえ》ったのだ。

それは子供のころ、私の家にあの大きなテレビがやってくる前のことだ。我が家のテレビは小さな白黒のテレビであった。すでにカラー放送というものが始まっていて、私はどうしてもそれを見たいと願っていた。しかし父は、

「カラーテレビな、よし、今度買ってこよう」

調子よくそう言うばかりで、実際のところ、銀座の夜店で見つけたという「伸びるボールペン」や「水中花」や「ポケット懐中電灯」などを購入してくるだけだった。酒を

飲んだ帰り道であるから、「なぜ、こんなものを」というおかしなものばかりだ。

そうした中に、「プリズム」があった。

小さなもので、「端が欠けているんで安くしてくれた」と父は得意げだった。

「そんなものどうするんです?」と母は言ったが、それは私の宝物になった。

一見、ただの透明な三角柱なのだが、ある一点に目を当てると、プリズム越しの風景が不思議な色彩を帯びて見える。

私はあらゆるものをプリズム越しに眺めた。いつでも、ズボンのポケットに入れていた。その小さな硬い感触が、いまも腿《もも》のあたりに残っているような気がする。

そして、私はある日、大きな発見をしたのだ――。

なにげなくプリズム越しに家の白黒テレビを見たとき、驚いたことに、すべてがカラー放送に見えたのである。いま思うと、それは実際の色とずいぶん違っていたのだろうが、実際の色を知らないのだから、それでいいのだ。カラーだった。最高だった。夢のようだった。

私はリハーサルの帰りに百貨店に寄ってみた。

いまはこの店が銀座の夜店の代わりである。

ようやく探し当てたプリズムは、私が子供のときに握りしめていたのとまったく同じものと思われ、私はそれをすみやかに購入し、当然のようにズボンのポケットに入れて持ち帰った。

その夜のことは生涯忘れない。

私の人生を決定づけるであろう出来事が一度にいくつも起きたからだ。

まず、プリズム越しに二時間ドラマを見たのだが、それがどのようなドラマであったのか、私にはよく分からない。

理由がある。

静かな興奮とともに最初の一時間が過ぎたあたりで廊下の電話が鳴ったのだ。

それまで私は大変な幸福感の中にあった。見たいと思うものが心置きなく見られる歓喜。「プリズム作戦」も完璧だった。もちろん、ずいぶんと変わった色に見えているのだろうし、わずかながら歪みや二重映像なども散見された。しかし、少なくともただの白黒を見ているときの残念さはなかった。限りなくカラーに近い。もしくは、カラーよりもすごいというか、サイケデリックというか、とにかく特異な映像だった。

そこへ電話である。

大体、私のところへ夜に電話がかかってくることなど皆無と言ってよい。稀にあるのは、楽団の事務所からの連絡か、神戸の父か母か、あるいは間違い電話である。三つの中で最も多いのが「間違い」で、ことに最近これが多い。

受話器を取ると、

「ホテイヤさんですか？」

といきなりくる。たぶん〈布袋屋《ほていや》〉という蕎麦屋の番号と一番違いなのだ。

「ええと――」

などと狼狽《ろうばい》していると、すぐさま出前の注文が始まってしまう。もし、「〈布袋屋〉さんですか？」だったら、すみやかに対応しなければ、せっかくの二時間ドラマが台無しになる。狼狽などしていられない。はっきり「違います」と言わなければ――。

しかし、意外なことに電話はフルートの駒田さんからだった。

駒田さんから電話がかかってきたのは初めてだ。

私は、「あ、あ、」と激しく狼狽し、それから、「ちゅっとお待ち下さい」と言ってしまった。「ちょっと」と言うところを、「ちゅっと」と言ってしまったのだ。

私はなおさら狼狽して受話器を置き、廊下を走って居間に戻った。念のためテレビの音量を小さくする。リモコンのない時代に作られたテレビであるから、こうするしかない。ふたたび走って受話器まで戻り、駒田さんの用件をうかがうと、どうやら私が今日のリハーサルでぼんやりしていたことを気遣って電話をくれたようだった。

「君にしてはめずらしいことだったたから、何かあったのかなと思って」

何かあったはあったのだ。

というより、いままさにその「何か」の真っ最中なのですと言いたいところだったが、

「大したことではないんです。明日からはもう大丈夫です」

とお答えしておいた。答えながらも、ドラマのつづきがどうなったか気になって仕方ない。駒田さんは、私が「技術的な行き詰まりを感じているのではないか」と配慮して

くれて、いくつか適切なアドバイスまでしてくれた。ブルックナーについても駒田さんなりの解釈を聞かせてくれたし、思えば、本当にありがたいことであった。いままで私にそんなアドバイスをしてくれた人は一人もいない。

だがしかし、私にはドラマがあった——。

「ありがたい」と思いながらも、なんとか早めに電話を切り上げ、最後に「ありがとうございました」と言って受話器を置くと、すぐさま走ってテレビの前に戻った。すると、また電話が鳴り、また走って電話に戻ると、今度はチューバの二宮君からだった。一体、どうしたというのか？　二宮君も電話をくれるのは初めてである。

聞けば、二宮君も私の「ぼんやり」を心配して電話をくれたという。私はまた同じように「大丈夫」を繰り返し、かえすがえすもありがたいことで、心底うれしかった。

しかし、それでも早々に電話を切り、ふたたび走ってテレビの前へ戻ったのだが、絨毯が大きく滑り、私はもんどりうって顎《あご》を強打してしまった。

血が出た。

しかし、こんなことがなんだ、とテレビの音量を上げる。

ところが、二本の電話を受けていたわずか十五分ほどのあいだに一体何が起きたのか、はたして、これがさっきと同じドラマなのか、というほど話が展開していた。何がなんだかさっぱり分からない。最初の一時間にしても、驚異的な早さで話が進んでゆくので、ほとんど把握できなかったのだが、こうなるともう完全にお手上げだ。

特急列車に乗り遅れてしまった思いである。

顎も痛い。ガーゼで血をぬぐい、目尻に涙を滲ませながら絆創膏《ばんそうこう》を貼った。

「何かあったのかなと思って――」

駒田さんの優しい声が、ずきずきと響いてくる。

それにしても重い。

この世は、すべてこのように出来ている。

帰りの荷物はいつだって重い。

昨日、拾ってきたときより、今日、捨てるテレビの重いこと重いこと。

しかし、私は結局のところ救われたのだと思う。やはり、私はテレビなしで生きていくべき男なのだ。自分にはホルンがあるじゃないか――そう思った。

私はふたたび真夜中のゴミ捨て場にこっそり戻り、元あった場所にテレビをでんと置いた。そして、「まだ見れます　欲しい人どうぞ　ただし白黒です」と書いたメモを貼り付けておいた。

こういう運命だったのだ。

意外ではない。むしろ爽やかな思いだ。私はもうテレビ欄に赤丸を付けることもないだろう。自分にはホルンがある。自分には心優しい同僚だっているのだ。

「さらばじゃ」

私はテレビに向かってそう言った。「じゃ」などと言ったこともなかったが、さっきのドラマで誰かがそう言っていた。

かくもテレビは人を蝕《むしば》んでゆく。ブルックナーの時代はよかった。われわれは、どこまでも複雑な世界を生きていかなくてはならない。

5

テレビを捨てた次の日の朝、台所で朝食の準備をしていて、ふと、オイルサーディンの缶詰が目にとまった。

その瞬間、「ハンガリー」という言葉が頭をよぎり、そうだそうだハンガリーだった、ハンガリーのことをすっかり忘れていたと、一人で大きな声を出した。

机の隅には、古本屋で買った『ハンガリー語辞典』とホルンの中から飛び出てきた赤い「指先帳」が重ねてある。私は急いで『ハンガリー語辞典』のページをめくった。おそらく、急いでも仕方ないのだが、急いで調べたいことではある。

しかし、何も分からなかった。

いや、ひとつだけ解明したことがあるにはある。

「指先帳」に記された文字が、やはりハンガリーの言葉であるらしいということだ。ただし、それは現代の辞書で読み解ける言語ではなく、おそらく、ハンガリー語というものが確立される以前に使われていた古語であろうと思われた。もちろん、ハンガリーのことなどなにひとつ知らぬ素人の推察に過ぎないのだが、しいて言えば、これはクラシックなものに携わっている一奏者としての勘《かん》である。

私にだって、ひとつくらいは勘の働く領域があるのだ。

こうして、知りたいことが分からないときもある。

しかし、それでもいい。私は物知り博士より長屋の粗忽者《そこつもの》を愛する。

なぜなら、私は「驚き」を愛するからだ。「驚き」は人が何かを知っていくたび、ひとつずつ消されてゆく。子供のとき、世界のすべては「驚き」に充ちていた。何も知らなかった。私は背丈こそ伸びなかったが、さまざまなことを吸収して大きくなり、知らなくていいようなことを知ってしまった。この世には、人に「驚き」を与えるふりをしながら、結局のところ、知識ばかりを教示するものがあまりに多い。残念なことだ。私はもうこれ以上、何も知りたくない。「智恵の悲しみ」という言葉がある。『知りすぎていた男』というヒッチコックの映画もあった。知りすぎていた男はろくな目に逢わない。

知らなくていい。

知らない者、分からない者だけが考える。

そして、「考える者」だけが少しだけ前へ進める。

そうであって欲しい。いや、そうだと私は思っている。


今日は世の中が休日で、私の方は昼間から仕事だ。

白黒の天気予報が言っていたとおり、午前の終わりごろから雨が降り始めた。

会場に着いたが、すでに大雨にならんとしている。今日は客足が遠のくだろう。

受付のジェントルマンのつむじが台風の渦に見えた。

鏡の前で蝶ネクタイを結ぶ。燕尾服に着替えてハンカチを用意する。それから、楽屋の隅でチューバの手入れをしていた二宮君のところへ行き、

「昨日は電話をありがとう」

と小声で伝えた。私はこの楽団において、彼よりも先輩であるが、なんだか彼の方がずっと先輩に見える。

舞台袖では、本当の先輩である駒田さんに、「ご心配いただき」とお礼を言った。

「元気そうで何より」

駒田さんは笑っていた。私もつられて笑い、

「いや、じつはドラマが――」

と、つい告白しかけたが、カーテンの向こうで拍手が湧き起こった。

私たちはすかさず姿勢を整えて咳払いをする。蝶ネクタイの曲がりを直し、まっすぐ舞台に向かって歩き出す。

スポットライト。着席。そして、楽譜を確認。

「ブルックナー・ナンバー・セヴン」

これで、もうしばらく、この曲を演奏する予定がない。本日をもって、しばしのお別れである。


すべてがいつもどおりだった。

無事に第一楽章が終わって第二楽章になり、第二主題のモデラートにさしかかったところで、私はまた箱舟の幻影を見た。

だが、もう驚かない。

それは穏やかな光に包まれ、すでに懐かしくやわらかいものになり変わっていた。私はそれを知っていた。なぜだろう。私はいつのまにか、もうそれを知っているのだ。

その舟には

分からないことが山ほど
読んだことのない本が山ほど
聴いたことのない音楽が山ほど
オイルサーディンの缶詰が山ほど積まれている
舟の外は、すさまじいどしゃ降り
つむじが渦を巻いている
どこからか洪水警報が聞こえ、
繰り返し「ヘクトパスカル」が読み上げられる
そして、この世のあらゆる色は、みるみる失われてゆくけれども――
舳先《へさき》にしがみついたあの子供たちは
何度でもプリズム越しに世界を眺めなおす

「さらばじゃ」

私は箱舟を見送った。どこへでも行くがよい。私にはホルンがある。夜に電話をくれる仲間がいる。だから、私はここに残るのだ。

まだまだ旅はつづく。ブルックナーの地図は永遠だ。

モデラートの箱舟よ、またいつか、第二楽章の第二主題で会いましょう。


すべてが終了し、燕尾服を脱いで蝶ネクタイをほどく。

楽屋の椅子に腰をおろし、ホルンを丁寧に拭いてケースにしまう。パチンと留め金を鳴らし、私はケースの上に両手を揃えて置く。

しばらく、そうしていた。

私の手を離れ、ケースの中のホルンが静かに冷たくなってゆくのを想像する。

外は夕方で、すっかり雨があがって空気がまろやかだった。風だけが思い出したように吹いている。私はまたしても大荷物。私はいつだって両手がふさがった男なのだ。

こういうとき、手ぶらだったらどんなにいいだろうと思う。大体、人は手ぶらで生まれてきて手ぶらで死んでゆくのに、そのあいだはずっと何かを持って歩かなければならない。なんとも、「いやはや」だ。

こうして、ひと仕事終わって夕方の風に吹かれると、人は訳もなく煙草をふかして空などを見る。しかし、両手がふさがった男は煙草も吸えない。

そもそも、私は煙草を吸わないのだが——。

いずれにしても、ただ空を見上げるだけ。そして夕方の空を行くのはカラスだけだ。呆《ほう》けたように飽きもせず見上げていたら、何を思ったか、一羽のカラスが私のかたわらに舞い降りてきた。カラスは少し歩いて立ちどまり、また少し歩いて立ちどまる。

「やい、君は手ぶらか」と呼びかけてみる。

しかし、カラスは見向きもしない。

「今日も一日、あまりいいことはなかったですよ」

とでも言いたげだ。何を見ているのか、つやつやした黒い瞳が潤んでいる。

「そうか」——と私は思い当たる。

「君たちはノアの箱舟に乗り遅れてしまったのか」

私はカラスと並んで町を見た。

人々は大きな荷物を手に、足早にどこかへ向かってゆく。どこへ急ぐのか。見たいテレビでもあるのだろうか。

私はちょっとだけあくびなどしたりする。

じきに十月も終わりである。

ミルリトン探偵局・3

11時のお茶

3

父と母の帰りがおそいとき、わたしは大家さんの大谷家にお呼ばれして夕食をいただくことがある。それが、ここのところ毎晩のようにつづいている。父と母の新しい本が十二月に出版されることが決まり、二人とも夜おそくまで働いているからだ。

夕方になると、わたしは庭を渡って大谷家の食卓に着く。

「おんちゃん、うちの娘になっちゃえばいいのに」

大谷のおじさんがそんなことを言う。

おかしいのはアンゴで、わたしが大谷さんに、

「ごちそうさま。おやすみなさい」

と言って、庭を渡って帰っていくと、どこかうらめしそうな顔で見上げて出迎える。

「君は分かってるの？　アンゴの本当の家は大谷さんちなんだよ。帰ったらいいじゃな

い。すぐそこなのに」

そう言っても、どうしても帰らない。

「いいんです、いいんです。ほっといてください」

とでも言いたげだ。まぁ、猫には猫の考えがあるのだろうが――。

父と母は午後九時過ぎに帰ってきて、おそい晩御飯を食べる。そして、十一時くらいになって、やっと家族三人がお茶の間に揃ってひと息つく。アンゴもいて、わたしは大谷さんからいただいてきたどら焼を食べてお茶を飲む。

最近、母とわたしは〈母娘印の十一時のお茶〉――と勝手にわたしが呼んでいる――をいただいている。カフェインレスの紅茶のようなものだけれど、パッケージには、十一時を指している時計とお茶を飲んでいるお母さんと娘の絵が印刷されている。

「これって、十一時に飲みましょう、というお茶なんだよね」と母に訊くと、

「そうね。ちょうどいま十一時だから、ぴったりよね」とのこと。

「でも、この絵からすると、これって午前十一時じゃない？」とわたし。

「あら、そう？　カフェインレスなんだから、夜に飲むお茶なんじゃない？」と母。

「そうかな？　健全な娘は午後十一時には眠ってるでしょう？」

「おい、このお茶は母と娘しか飲んではいかんのか？」と急に父。

「午前十一時にお父さんは家にいない、というのが普通なんです。だから、これは午前十一時に間違いありません」とわたし。

「さすがは〈ミルリトン探偵局〉」と茶化す父。「もし、本を書くなら、いまの名推理はどこかに書いておいた方がいい」とさらに茶化す。

もし、本を書くなら——。

最初は父も冗談で言っていたのだ。

だけど、ある日、学校から帰ると食卓の上に置き手紙があり、

すぐに仕事場までいらっしゃい。


と母の小さな字で書いてあった。

なんだろう？「いらっしゃい」なんて書いてあるけれど、どうせ何か手伝いをさせ

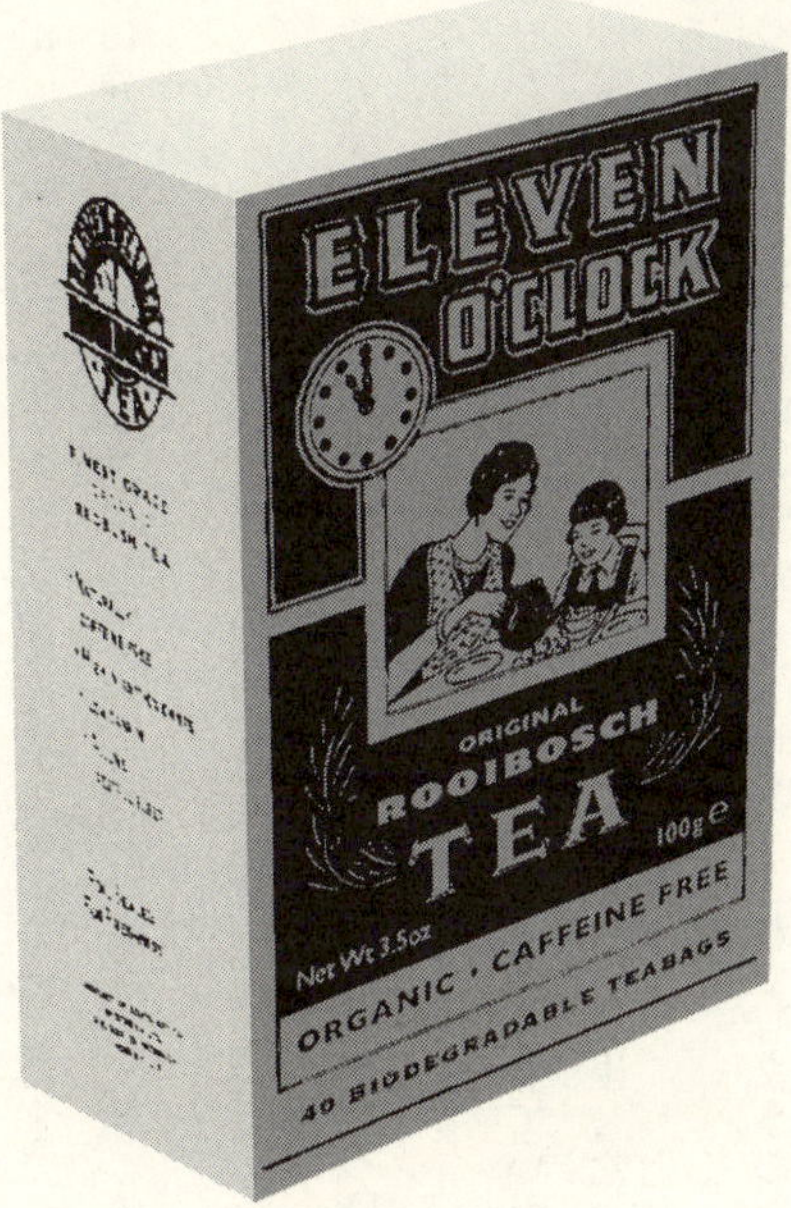
ELEVEN
O'CLOCK
ORIGINAL
ROOIBOSCH
TEA
100g e
Net Wt 3.5oz
ORGANIC · CAFFEINE FREE
40 BIODEGRADABLE TEABAGS

られるに決まってる——と思いながら、仕事場へ向かうべく丸山の森を歩いた。

ちょうど雨があがったばかりで、めずらしく子供たちの姿がなく、テニスコートにも野球場にも人がいなかった。どこか別の星にある〈丸山公園〉に来てしまったようだ。森は嘘のように静かだし、どういうわけか、木々の匂いがすごく懐かしい。

なんだか嬉しかった。

おろしたてのカーディガンを着てきたせいかもしれない。

立ちどまって、落ち葉を二枚拾った。どんぐりと椎の実を三個ずつ拾い、拾いながら、ずっと昔に、こうして落ち葉とどんぐりを拾ったことがあると思った。

でも、その日がどんな日で、わたしは何色のカーディガンを着ていたか、その日の晩御飯のおかずはなんだったか——そうしたことは何ひとつ思い出せない。

森の中にある小さな広場の時計が午後四時をさしていた。

わたしはいつか、このたったいまの「午後四時」も忘れてしまうのだろうか。

たぶん、忘れてしまうのだろう。

そう思ったとき、ふと、草むらの中に小さな黒い影が動くのが見えた。そっと近づいてみると、影の正体は猫のようだ。黒いちび猫。

シンク？　のようにも見えるけど――違う？。

「シンクなの？」

呼んでみた。でも、返事がない。

ちらりとこちらを見たが、何か気になることがあるのか、あらぬ方を見ている。何を見ているのだろう。やはり、猫には猫だけに見える世界があるのか。それとも、ずっと昔の「午後四時」のことでも思い出しているのか。

「シンク」

と、もういちど呼んでみる。

また、ちらりとこちらを見るが、すぐに何かに気をとられてしまう。そのちょっとした身のこなしが、たしかにシンクに違いないと思えるが、いつも円田さんの家で寝っころがっているシンクとは、別人――別猫か――のようだった。

「またね」

わたしは、何か見てはいけないものを見てしまったような気がして足早に離れた。

父と母の仕事場には編集者のAさんがいらっしゃっていて、

「猫が拾ってきたもので本を作る話、やってみませんか」

とおっしゃった。

「え?」

「〈ミルリトン探偵局〉って、なんだか面白そうじゃないですか」

「ええと——」

驚きのあまり、うまく声が出なかったが、

「もし、本当に作れるのなら、書いてみたいですけど」

などと言ってしまった。

なぜだろう。ふっと頭の中に一冊の本が浮かんだのだ。

それは「シンク」という題名で、ページをめくっていくと、あのときシンクが見ていた「何か」があらわれてくる。

そんな本だったら、わたしが読んでみたい——そう思った。

「円田さん、大変なことになりました」

次の日の学校の帰り、〈ミルリトン探偵局〉が本になるかもしれないという話を円田さんに報告しに行った。

「え？　本って何のこと？」

円田さんはよく状況が呑み込めないようだった。

「つまり、いまわたしたちがこうしてお話ししていることが本になるんです」

「いま、僕が話していることも？」

「そうです。印刷されて本屋さんに並びます」

「本当に？　いや、じつはちょうどよくシンクがね——」

「また、何か拾ってきました？」

「いや、拾ってきたんじゃなく、突然、口からね、吐き出したんだよ」

「吐き出した？」

「そう。透明なね、もう本当にそれはそれは透明な水と一緒に」

「水ですか？」

「ものすごく大量にね。少し苦しそうだった。でも、ひとしきり吐き出してしまったら、死んだようになって眠ってしまって。心配だったけれど、起きたら、けろっとした顔でまぐろの缶詰をひと缶たいらげた」

「それで、その透明な水と一緒に吐き出したものって何なんです？」

「これ」

円田さんが見せてくれたのは、小さな果物の種らしきものと、細かくちぎれた紙屑――それは虫眼鏡で覗いてみたところ、どうやら楽譜のようだった。

「この種は葡萄の種だよね？」

円田さんは、それが十六個あるのが「面白い」と言った。

「あの青いボタンの数と一緒なんだよ。それと――こっちは見てのとおり楽譜だね。しかし、葡萄は分かるけど、どうしてこんなものがシンクの腹の中から出てくるんだろう」

「やはり、トランペット青年に会いに行っているんでしょうか」

楽譜の破片

Think's Souvenir

ぶどうの種、16粒

Think's Souvenir

「葡萄好きのね」

「ボタンが十六個あるブラウスを着た――青年？」

「でも、ボタンはすべてはずれてしまった？」

わたしたちは自分たちの推理があまりにばかばかしくて笑い出してしまった。

「こういうのも本に出るのかな」

「出ますよ、きっと」

「では、こういう推理はどう？　葡萄が好物のトランペットを吹く青年が主人公」

「ええ」

「彼はアルバイトで貯めたお金で、ようやくトランペットを手に入れた。そして、とにかく練習の日々。楽譜を買ってきて、隅から隅まで覚えていく。昔、英語の辞書をまるまる覚えるのに、覚えたそばから辞書のページを食べてしまう人がいたというけど、その要領で、覚えたそばから楽譜を食べる。お金がないから、あとは水を飲み、好物の葡萄だけ食べて過ごした。そして――」

「そして？」

「死んでしまう」

「え？」

「いや、その生まれ変わりがシンクなんだよ。だから、腹にのこっていたというわけ」

「ああ、なるほど。でも、その推理は悲しいですね。死んでしまうなんて――」

「じゃあ、あれだ、猫だけが行ける世界からこちらの世界へ転生してきたっていうことかな。あるいは、姿を変えたと言うべきか――」

「おとぎ話ですね」

「そう、川の流れに乗って一個の大きな桃がどんぶらこと流れ着いたら、中から桃太郎が生まれてきた」

「シンクはどこか別のところからやってきたんですね」

「そう――実際の話、僕がシンクと出会ったのは――」

　そこへ突然、電話が鳴り、円田さんは、「ちょっと失礼」と奥の部屋に消えて電話に出た。少しばかり行儀がよくないけれど、耳を澄ましていたら、「へぇえ」とか「ほほう」という声が聞こえてくる。

早く話のつづきが聞きたいのになぁ――と思っていたら、やっと戻ってきて、

「いや、ごめんごめん。ちょっと、調べてもらったことがあって」

と何やらごそごそやり出した。調べてもらったって、まさか――、

「もしかして、あの白い粉を鑑識の叔父さんに出しちゃいました？」

「白い粉？　ああ、あれか。いや、あれはまだ頼んでない。あれじゃなくてね、こっちのこれなんだけど――ええと、どこへしまったかな――ああ、あった、これだ」

しわだらけの茶封筒を取り出し、その中から出てきた「これ」というのは、なにやら小さな赤い色をしたものだった。

「なんですか、それ」

「なんだと思う？」

そう言われても、小さくてよく分からない。ほとんど円田さんの指の中に隠れている。

「よく見せてください」

目を近づけて、やっと分かった。

本だ。指先でかろうじてつまめるほどの本当に小さな本。

「これね――」

円田さんは、ひとつ咳払いをした。円田さんが咳払いをすると、そのあとの話はかならず長くなる。覚悟しよう。

「これね――じつは、シンクが葡萄の種と楽譜を吐き出す直前に持ち帰ってきたものなんだよ。だから、正確に言うと現時点ではこれが最新の〈おみやげ〉ということになる。見てのとおりの小さな赤い本。あるいは手帳とでも言うのかな？　どういう目的で作られたものか分からないけど、これをシンクが持ってきて、そのあとすぐに透明な水をたくさん吐いた。その様子を見ていたら、ふと、あることを思い出して――」

円田さんは目を閉じた。

「ずっと昔、死んだ親父から聞いた話なんだけど、僕はまだ子供で、親父はちょうどいま僕が座っているこの椅子に腰かけてパイプをくゆらしていた。話というより〈おはなし〉かな――そう、おとぎ話と言ってもいい」

「桃太郎のような？」

「そう。僕の親父は翻訳の仕事をしていたんだけど、専門はハンガリーで、だからハンガリーの童話とか伝説とか、そういうのを話して聞かせてくれるんだけど」

「ハンガリーですか。このあいだ、テレビで特集をやっていたのを見ました。最近、川に興味があるので――ハンガリーって首都の真ん中をドナウ河が流れているんですよね」

「そうそう。子供だった僕にはハンガリーという国自体が、おとぎの国のようだった。すごく遠い場所だと思ってた。だから、親父がそんな遠い世界に通じていることが不思議で。いま考えると、親父のしてくれた話は世界中どこにでもあるような典型的おとぎ話だったけれど、舞台がハンガリーと聞いて、それだけで魅了されたのを覚えてる。特に、この〈小さな赤い本の話〉はね」

「そういうおはなしがあるんですか?」

「それを調べてもらったんだけどね。文化人類学をやってる友人で、さまざまな国の伝承にめっぽう詳しいやつがいるんで。そうしたら、そんな話はハンガリーはもとより、どこにも見当たらないって。だから、もしかすると、この話は親父のつくり話なのかもしれないね。いや、たぶんそうなんだろう」

「ぜひ、聞かせてください」

「ふうむ――」

ゆっくり頷いて、円田さんは口のあたりに右の手を丸めて持っていった。

「これ、見えないパイプね――親父がやったとおり話さないとさ――こう、パイプの煙が漂って、あれは親父一流の演出だったんだな――で、なかなか話さない。ふうむ――と言ったきりパイプをふかし、しばらくしてから、むかあしむかあし――と始まる」

「パイプの煙が見えてきました」

「ふうむ――」

「――――」

「――むかあしむかしのことだ――ハンガリーの奥深い村に、それはそれは頭のいい黒猫がいたそうだ。どんなに頭がいいかというと、正確に人間の言葉を話せる。字だって書ける。絵もうまい。歌なんかも歌ったりして。それだけじゃなく、この黒猫、予言をしてみせるのだ。明日の天気を言い当てる。それがまたことごとく当たって、村の人たちは不思議でならなかった。一体、どうしてそんなに当たるのか？　村人のひとりが黒猫に訊いてみたところ、『なにもかも、みんなこの小さな赤い本に書いてあるのです』と黒猫は答え、その本を村人たちに見せたそうな」

円田さんは見えないパイプをふかしていた。円田さんの父上もそうしたのだろう。

「さて、村人のひとりが本を手にして中を見ようとすると、黒猫はこう言ったそうだ。『その本は、心の綺麗な人にしか読めません。心に濁りや迷いを持った人は中の文字が見えなくなるのです』――そう聞いて、村人たちは皆、怖くなって誰も本を開くことができなかった。そこで、黒猫だけがその本を開いては、皆に読んで聞かせたのです」

「――」

「――」

「ええと――それで終わりですか？」

「――終わり――でも、いまここにその本がある。まさしく黒猫が持ってきた小さな赤い本。はたして、この中には何が書かれているのか」

「何が書かれているんです？」

「もちろん未来のことだよ。ほら、音ちゃん、そっと覗いて見てごらん」

そう言って、円田さんはその小さな赤い本をわたしの手のひらの上にのせた。

心の綺麗な人――どうかなぁ、わたし。

両手の指先で本を挟み込むようにして持ち、親指の腹を使ってちらりと見てみた。

――え?――真っ白に見えた気がするけど。

もう一度、ちらり。

――ああ、やっぱり真っ白。

「どうだい?」

円田さんの問いかけに黙っていると、

「いや、ごめんごめん。いまのは全部、僕のつくり話」と笑い出した。「その赤い本はシンクが持ってきたんじゃなく、昨日、散歩に出たとき、たまたま古道具屋で見つけたんだよ。中身はもとから真っ白。何も書かれてない」

「じゃあ、お父さんのおはなし――ハンガリーとか、パイプとかは」

「それは本当。おはなしは本当で、そういう話を親父に聞かされたことはある。もっと長い話だった気がするけど――全部は思い出せない。ただね、もしかして、親父もこんな小さな赤い本をどこからか見つけてきてさ、いま僕がやったみたいに、『中を見てごらん』と言ったのかも——だまされたよ」

「なぁんだ、そうなんですか。ちょっと信じちゃいましたよ。だって、いまもそうですけど、シンクって、いつ見ても、その『ハンガリー語辞典』を枕にして眠ってるでしょう?」

「そう? そうだっけ? それは気づかなかったなぁ。なるほどね。まぁ、このくらいの分厚さが、ちょうどいい寝心地なんだろうけど」


その夜も、そろそろ十一時という頃にお茶の時間となった。

父はまだ仕事場にいて、わたしは母と二人で「母娘印」をいただいた。

「まだ、忙しいのがつづくの?」

母の髪の中に白髪《しらが》が一本光るのを見つけた。

「そうねぇ、もう少しで終わりなんだけど——一段落したら、おんのためにミルリトンをつくってあげる」

「わたしのため？」

「だって、あなた、本を出すんでしょう？　ミルリトン探偵局。となったら、やっぱり本の中にミルリトンが出てくる方がいいじゃない」

「本当にわたしのため？　母上は自分が食べたくてお菓子をつくる人だからね」

「いいのよ。その方がおいしくできるんだから」

「食いしんぼのあまり、料理の腕が上がるわけね」

「そういうあんたも、さぞかし食いしんぼの名コックになるわよ」

「血を引いてますからね」

「食いしんぼの血で申し訳ありません」

「いえ、ありがたく引き継がせていただきます」

「よろしい」

ずいぶん久しぶりに母の「よろしい」を聞いた気がした。ついこないだまで、毎日聞いていた気がするのに――。

なにしろ、口ごたえ常習犯であるわたしは、まだほんのちびだったころから、なんとか母を言いくるめたくて必死に反抗してきた。でも、母の迫力にはかなわない。いつでも最後にはシャッポを脱がされた。

そして、「よろしい」とくる。

でも、いつからか——いつからだろう？——「よろしい」と言われなくなっていた。

「ねぇ、おん」

「はい？」

「あなたの本のことだけどね」

「はい」

「どんなことを書くつもり？　どんな本にしたいの？」

そんなこと、急に訊かれて困りますよ。まだ分かりません。

「ちょっとだけ教えなさいよ」

母はにやにやしている。

「まだよく分からないけど」——てきとうなことを言っちゃえばいいか——「わたしは、わたしが大切だと思うものや大事にしていきたいと思う人、そういうのを本にできたらいいなぁって、ただそれだけ。ごく普通のこと。日常のことです」

「たとえば?」

「たとえば――午後四時の森のこととか」

「午後四時の森?」

「ええと――まぁ、それは読んでのおたのしみです」

「けち」

「けちの血を引いてしまったので」

「私も出てくるのかな? おんが本にしたいと思うものの中に」

「さぁ、どうでしょう」

「たとえば、この午後十一時のお茶の時間とか」

「それは、読んでのおたのしみです」

不意に柱時計が鳴った。十一回。

わたしは心の中でそれを数えた。母もまた数えているみたいだった。

夜に猫が身をひそめるところ

箱舟

*

はこぶね

ひとつの眠りから覚めるたび、彼は自分のつかみそこねているものが、枕の下の水の中にあると思った。

水枕の話ではない。

いつも頭を乗せている硬い枕の下、それもかなり深い場所に、人がひとり横たわれるほどの小さな水のたまりがあり、そこから細い水路を通じて別のたまりへと流れてゆく。その流れを彼は起き抜けのゆるい頭でしきりに追うのだが、そうしたこと自体はいまに始まったことではない。まるで水に流されるようにして「眠り」があり、水から水へとたゆたいながら夜の長い時間があるのだと、彼はまだ子供の時分からそう思いつづけてきた。

水は静かに流れ、音ひとつたてない。ただ、その代わりに甘やかな一筋の音楽を響かせた。それは、そのときそのときの彼が一等きいてみたい、しかしまだこの世のものとしてかたちを与えられていないもの——つまりは、彼が身の内に作りつつある新しい音楽のようだった。

音楽は、夜ごと少しずつ違う旋律を奏でたが、どこか似かよい、いつまでもつづく変奏曲の連なりを思わせた。それは必ず決まって、羽虫がふるえるようなかすかな音によって起《た》ち上がり、やがて小さな果実が次々とはじけるかの如き旋律へと転じる。そして、最後には力強い和音が高鳴って短い一曲を閉じるのだ。

その流れに、彼は自分がどこかへさらわれてゆく気がした。

そして、まさに自分がその「どこかへ」と消え入ってしまう寸前、彼は自分が何かをつかもうとしているのに気づく。

細くて柔らかい、なんだか頼りのない黒い尻尾《しっぽ》のようなもの。

それをつかみそこねる。

つかみそこねて目が覚める。

そのような朝が何日もつづいていた。

タトイというのが、祖父から与えられた彼の本当の名だった。

しかし、村の人々は彼のことをただ「水読み」と呼ぶことがある。もっとも、「水読み」と呼ばれた青年は彼が初めてではない。いまでこそ稀少な存在になってしまったが、村の教会に残された記録簿をめくってみると、かつて何人もの「水読み」が、この地方に点在していたと記されている。

村の名はノーリス・アリアといって、平坦な土地が山脈にさしかかる手前の、少し窪んだようなところにひっそりとあった。海からは遠く、湖と、そして大きな河とが村人の知る主な水域だった。それとて、何日も馬車に乗らないと辿り着かない。

およそ水から切り離された土地であり、唯一、山に湧いた水が地下を流れ、広大な平野の地中深くに水脈をめぐらせていた。それを「水読み」が探り当て、井戸を掘ることで生活に水を引き込んでいた。

「水読み」は、生まれながらにもたらされる才で、それが血筋によって代々つなげられてきた。あるひとつの家系に流れる血筋のみが、地中深くの水脈と通じあうのだ。

タトイもまた、その家系に生まれ、親から水の読み方を教わるより早く、自ら何もかも分かっていた。彼は繰り返される夜の眠りの中にそれを学んでいた。闇に横たわり、闇と同化するとき、水は音を放ち、その流れを彼に示す。

十二歳になると、「水読み」は村のはずれの「黒い塔」にひとりで住むことになる。塔とはいっても、見上げるようにそびえ立っているわけではなく、ただひょろりと細長い様子からそう呼ばれているにすぎない。ごく小さな部屋が三層に重なり、中も外もその隅から隅までが文字どおり黒い。

どこかの井戸が枯れ、新たに水を読んでもらう必要が生じると、村人の誰かがこの黒い塔の黒い扉の前に立った。少しかしこまってノックをする。何も恐ろしいことはないのだが、それでも、この黒々としたものの前では、どんなに屈強な者でも気持ちが張りつめた。ノックする手が自然とこわばる。こわばりながらもコツコツやると、中からくぐもった声で返事があり、ギギギと扉は軋《きし》んで開かれる。

だが、そこにあるのは「水読み」のぼんやりとした輪郭だけだ。しばらくのあいだ、その容姿は確認できない。「水読み」はいつでも黒装束を身にまとっている。黒い扉の中はやはり黒であるから、そこに立っている黒い人物の見分けなどつくはずもない。

しかしながら、タトイはその黒さの中に何ごとかを浮かび上がらせる「水読み」だった。

彼の住む「黒い塔」の扉をノックした誰もがそう思った。それまでの「水読み」にはない、なにがしかの明るさが彼にはあったのだ。

反面、その明るさが彼の親族を不安にさせた。

「水読み」には、地中の水と同じくらいに脈々とした歴史があり、それにふさわしい風格、身のこなし、言葉づかい――あらゆることが継承される必要があった。

「タトイは黒への同化が足りぬのではないか」

「彼はわれわれの血を引く最後の若人《わこうど》である」

「このままでは、我らが血族の水読みが絶えてしまうかもしれない」

「不安である」

「なんとかしたいが」

「これぱかりはどうにもならぬ」

タトイは十八歳になっていた。「水読み」としては一人前である。だが彼の身の内には、何か別の力による彼にも理解のできない変化が起こりつつあった。それを、大きな水の変動の兆候と読むか、それとも微妙な年齢にさしかかった青年特有の惑いとみなすか、判断は決して易しくなかった。

「大いなる水」

何千年に一度あるかもしれない大洪水の予感というものを、まだ若い「水読み」は誰でも一度は考える。水脈をたどり、(ああ、ここに水がある。ここを掘れば水が湧く)と探知し、さらなる巨大な水の力をどうしようもなく感じる夜がある。

「君ぐらいの歳ごろには、誰にでもあることだ。水読みだけに起こることではない」

察した祖父にそう教えられ、タトイは余計に戸惑いを覚えた。戸惑うその手に、つかみそこねたものの感触が甦る。

もし——と彼は思うのだ。もし、あの黒くて細い動物の尻尾のようなものをしっかりとつかみとることができ、なおもそいつにしがみついていたら、「どこかへ」消え入らんとする自分は、あの甘美なまでに響きわたる音楽の元へ到達できるのだろうか——。

いずれにせよ、タトイは「大いなる水」の予感から解放されることはなかった。

もし、本当に村が洪水の危機にさらされるのなら、なるべく早急に村の人々に進言しなくてはならない。きわめて稀なこととはいえ、それも当然ながら「水読み」の重要な仕事である。

だがしかし、この予感めいた気持ちの高まりが、人が成長するのに不可欠な儀礼のひとつだとすれば、これは祖父の言うように、ただ自分の私的な変動に過ぎぬこととなる。

タトイは、黒い部屋の黒い寝台に横たわり、宇宙の如き黒い天井を見つめていた。


村にはただひとつ店らしいものがあり、商っているのはシラフという名の男だった。両親を相次いで病で失い、遺《のこ》された店を若くして引き継いでいた。ただひとつの店であるから、あらゆるものを扱っている。食材から文具まで。切手、インク、珈琲《コーヒー》豆、玩具、食器——。

また、シラフは音楽をこよなく愛していたので、都でもめずらしい蓄音機のレコード盤や楽器、それに譜面までも仕入れていた。いくら「よろず屋」とはいえ、この辺境の地にブダペストで刷られたブラームスの「弦楽六重奏」の楽譜が並んでいる奇蹟は、シラフの個人的趣味によるものに違いない。無論、村には楽団など存在していない。

その日の午後、シラフはいつものように店の窓辺に腰をおろしてココアを飲んでいた。外には寒さが忍び寄っているのか、窓が白く曇り始めている。

曇る向こうに男がひとり、こちらにまっすぐ歩いてくるのが見え、シラフは窓の水滴を払って男の顔をよく見ようとした。

知らない顔だった。顔中に皺が刻まれている。

まっすぐ店に入ってきて、最初のうち男は何かを警戒するように見回していたが、シラフの顔を認めると、黙ってひとつ会釈をした。皺と、それに怪我の痕だろうか、男の顔は硬い革細工で出来ているかのようで、異形というほどのものではないとしても、シラフには初めて見る肌の色だった。

「虹鱒《にじます》が」

と男はつぶやいた。ニジマス？　シラフは小首を傾げながら男の目を見た。

「虹鱒がここまで来ます。大変なことになるでしょう。すべての湖と河が溢れます」

何のことか、とシラフは戸惑ったが、男の声は初老の賢者に特有のもので、しっかりと落ちついた物言いが、シラフの背筋に緊張をもたらすようだった。

「失礼ですが、もう一度——」

シラフが言いかけると、男ははっきりこう答えた。

「この村に大きな洪水がやってくるのです」

黒い扉の前にシラフが立っていた。

シラフはこれまでにも何度かこの扉をノックし、タトイの注文した食品や衣類、それに書物などを届けにきたことがある。それゆえ慣れてはいたが、それでもやはり黒い扉の前では息を整える。吐き出されたひと息が白くけむり、あたりには、すっかり葉の落ちた灌木《かんぼく》が針のような枝を張りめぐらしていた。

いまいちどシラフがノックをすると、すぐにも返事があり、ややあって黒い扉が開いた。

黒い中にタトイのふたつの目が浮かんでいる。

「このあいだの本、まだ届いていませんが、注文はしてありますからね」

シラフが挨拶代わりにそう言うと、タトイは「そうですか」と頷いて、じっとシラフの目を見ている。

「いや——今日は訊きたいことがあって」

「分かります。よければ、どうぞ中へ」

シラフが黒い塔の中へ入るのはそれが初めてだった。窓もなく、中の暗さは月のない夜よりもっと深い。奥の方に暖炉の火がわずかに赤く揺れ、そのおかげで思いのほか暖かかった。シラフはタトイの靴と衣服がたてるかすかな音をたよりに歩き進むと、

「どうぞそこへ」

という声に立ちどまった。手探ると、すぐそこに椅子がある。

シラフはよく見えない椅子に腰をおろし、どこを見てよいものか分からなかったが、それでもしだいに闇に目が慣れて、タトイが正面に座っているのがぼんやり見てとれた。

「水のことですね」

タトイがそう言った。暖炉の火が彼の目に映っている。シラフはその黒々とした目の中にある赤い点のような炎を見つめ、

「それがどうにも妙なことなんだけれど——」

と話し始めた。

夕方、シラフは村の長であるジキリス氏の大きな背中を見ていた。ジキリス氏は机に向かって手紙を書いているところで、

「すまんが、手を離せんのだ。耳だけ貸すから用件を話してくれ」

ぶつぶつと言葉を反芻《はんすう》しながらペンを動かしている。

「洪水がきます」とシラフははっきりそう言った。「大洪水です」と念を押した。

村長は口と手をとめて振り向き、まじまじとシラフの顔を見た。

「洪水？　とはなんのことだ」

「洪水です。今日、バリスタンの水読み師が私の店にやって来て警告してくれたのです。すでにバリスタンでは箱舟の準備をしているとか」

「バリスタンは、ここより遥かに河に近い。嵐でもくるのか？　あの大きな河が氾濫《はんらん》するような？　いずれにしても、われわれには関係のないことだろう。ここまで河の水が溢れてくるようなことになったら、そのときは世界の終わりだ」

「あるいは、そうかもしれないのです。タトイが——」

「そうだ。タトイはなんと言っておる」

「何も言わないのです。ただ、私がいまお話ししたことを彼にも伝えたところ、『やはりそうなのか』とそう言いました」

ジキリス氏の眉根が歪んでいた。

「いずれにしても、私は伝言を受けとった責任があります。いちおう、神父様にもお伝えしておきます」

そう言って、シラフが退室しようとすると、村長は「私も行こう」と帽子に手をかけた。

話を聞くなり神父も眉をひそめ、細い指先を薄い唇にあてて何かを思い出そうとしているようだった。

「本当のことでしょうか」

シラフは、「バリスタンの水読み師は革細工のような顔でした。そして、虹鱒の話をしたのです」となるべく正確に神父に伝えた。

「虹鱒――」

と神父は声をつまらせた。

それから急に僧服をひるがえして祭壇の奥に消え、残された村長とシラフが所在なげに立っていると、しばらくして神父は僧服をひるがえしながら戻ってきた。細い指先に何やら赤い小さなものをつまんでいる。

「これを――」

神父はその赤い小さなものを村長の手に渡した。村長は武骨な太い指でそれを不器用に扱ったが、不器用なりにそれが何であるのか分かったらしい。

「これは本ですな」

神父は頷いた。

「写本です。古語が使われています。私にもよく読めません。しかしながら、いくつか絵が入っています。河の絵です。舟の絵もあります。それに虹色の魚の絵です。私はそれをあの中に見つけました」

神父が指さしたのは祭壇の両脇に飾られた角笛のようだった。かつて、この村は農耕が盛んで、大地のみならず天界まで響きわたるとされた角笛は、人と人、人と大地、そして人と神とを結ぶものの象徴であった。

「しかし、いつから、こんなものが角笛の中に紛れ込んでいたのか――」

神父は由来を知らなかった。たまたま見つけたのだという。神父の細い指先がひもといたところでは、それは絵入り物語のようで――、

「大きな洪水が起こることが予見され、人々は箱舟を造るのです。そして、実際それはやってきます。河に泳ぐ虹鱒がこの山麓まで流れつき、簡単に言ってしまえば、そういう物語なのですが――」

神父は、かつてこの地にこのような「洪水伝説」が流布していたことを示すものが他に見当たらず、この小さな本に写されたものが、一体どこからやってきているのか、

「見当もつかない」

と声を落とした。

「ただ『洪水伝説』というものは、およそあらゆる場所に存在しているのです。伝説そのものが洪水となって流れゆき、さまざまな人々の記憶にしみわたっています。もちろん、伝説が現実に起こらないという保証はありません」

そう聞いて、村長もシラフも、なおさらどうしたらよいものか分からなくなった。

あるいは、一笑に付する、ということでいいのかもしれない。だがしかし、自分たちの方が水の力によって一笑に付されつつあるのだとしたら——。


翌日の夕方、村長は村の男たちを集めて事情を説明した。

「水のことはすべて水読みに従うべきだろう。タトイの考えを聞きたい」

男たちの大半は口を揃えてそう言い、夜になってタトイは教会に呼び出された。

「シラフから聞いたところでは、洪水の話を聞いた君が、『やはりそうなのか』と言ったとか。その『やはり』が何を意味するのか、皆に説明してほしい」

村長がタトイに訊くと、タトイはひとときの間をおいて、

「そう感じていたのです——このふた月ほど」

と答えた。途端に男たちにざわめきが走り、

「ただ、私には経験のない水の予感でしたので、自信を持てなかったのです」

いくつものため息が重なった。

「では、本当なのか、本当に洪水がやってくるのか?」

村長の声は裏返っていた。タトイは黙って首を横に振る。

「いえ、正直なところ分からないのです。いまなお自信はありません。私の一時の気の迷いということもあります」

口ごもるタトイを男たちが取り囲むようにしたとき、その輪の外で、

「本当のことだ。洪水はくる」

と声が上がった。皆が振り返ると、剛健な体つきの見知らぬ男が立っていて、肌が浅黒いせいか妙に歯が白く見える。男は手にしていたいくつもの大きな革袋を床におろすと、神父に一礼して前へ進み出た。

「私はバリスタンから来た舟大工で、イルスというものです」

差し出された手を神父に代わって村長が受け、

「バリスタンの方ですか」

と確かめた。男は、

「いいえ、私はもともとバルトの海風にあたりながら大工をやっていた者です。三月《みつき》ほど前にこちらへ遣《や》られて——」

「呼び出されたのですな」

「ええ、そうです。半年以内にこの一帯を大きな洪水が襲うとバリスタンの水読み師が予見しました。ところが、このあたりには舟をこしらえる技術を持った者がいないというので、私が呼び出されたのです。すでにバリスタンでは私の指導によって巨大な箱舟が完成しつつあります。この三カ月、バリスタンの人々はその作業のみに集中しました。なにしろ、何千年に一度という大洪水だというのですから」

そこで男は口をつぐんだ。白い歯が消え、表情が急に険しそうに見えた。

「必ずここにも水は来ます。急がねばなりません。すぐにも舟を造り始めなければ、村ごと水に没するでしょう」

男たちのざわめきが高まった。

「この村の水読み師はどなたですか？」

白い歯の男があたりを見まわし、ただひとり黒装束に身を固めたタトイに目をとめると、「あなたですね」と握手をもとめた。タトイが自分に向けられた視線を打ち返すようにして男の大きな目を見ると、男は少し目を細めて小さく頷いた。

幸いにもノーリス・アリアはバリスタンほど規模の大きな村ではなく、人の数でいえば半分にも満たない。その規模に従って舟の大きさも、

「バリスタンの半分と考えましょう」

と白い歯の男が提案した。それは理にかなったことであり、いざ造り出してみて誰もが思い当たったのだが、働き手の数も半分に満たないのである。それでも、老人を除いたすべての男がそれまでの仕事を脇に置いて箱舟造りに精を出した。

ただ二人だけ――シラフとタトイだけが舟造りに参加していなかった。

シラフの店が閉ざされるのは村の生命線が断たれることであり、当然ながらタトイに

は、刻々と迫り来る水の気配を読みとる仕事があった。

他の男たちは毎朝五時に村はずれの森の端に集い、そこにまずは大きな櫓《やぐら》を組んだ。白い歯の男はさすがに手慣れたもので、緻密な設計図を引くと手際よく指示を出した。村人全員と何頭かの家畜、保存食料に水。積み込むものから逆算して箱舟の大きさは厳密に決められたが、それひとつ造るのに、森の宝である杉の大木を二百本以上も切り出さなければならなかった。

「こんなにも杉を切ってしまっていいのだろうか」

誰かがそう言ったが、

「もし、本当に大水が来たら、どうせすべてが薙《な》ぎ倒されてしまう」

誰かが答えた。

「もし、本当に」という言葉を、まだ誰もが口にしていた。半信半疑だった。

「本当なのか」と疑念を抱いていたのは村長もまたしかりで、逆の言い方をすれば、

(偽りであって欲しい)

という思いが誰よりも強かった。

舟造りが始まって三日目に村長は教会を訪れた。神父は男たちの仕事場を離れ、村に残された者たちを集めて、心を静めるべく合唱を指揮していた。それより他にすることがなかったのだ。いざ、こうなってみると、神の思惑《おもわく》がどこにあるのか神父には分からなかった。(いや、神に思惑などない) そう思いながらも、窓の外に神を探していた。

しかし、そこには村長のずんぐりとした姿があるばかりで、

「裏口からどうぞ」

と神父は手をひるがえして村長に示した。「歌をつづけるように」と皆に言い残して祭壇の裏の小部屋に消え、午後の光が斜めにさしこむその部屋に村長が入ってきた。帽子を脱ぎ、力なく椅子に腰をおろすと、村長は大きなため息とともに、

「分からないんだが——」

と言って声をひそめた。

「あの、やけに白い歯をした舟大工——あの男ははたして本物なのか?」

「大工であることは間違いないでしょう」

「バリスタンが箱舟を造り上げたというのは？」

「じつは今日、バリスタンの修道院から私のもとに手紙が届いたのです。迫りくる洪水について――そして、箱舟の件が記してありました。すでに何人かは箱舟の中で暮らし始めていると」

「そうなのか――あれだけの杉を切り倒したのだから、森にも祈りを捧げねばならんのだろうな」

「われらの合唱が森の怒りを鎮めることでしょう」

「では、洪水は必ずやってくると？」

「おそらくは――」

神のみぞ知る、と神父はほとんど聞こえぬほどの小さな声でつけ加えた。

一方、タトイもまた「分からない」とため息をついていた。

水の予感は消えていない。ただ、三日前の晩に教会にあらわれたあの白い歯の男――あの男は真実を語っていない、とタトイには思えた。白い歯の男の背後に、およそ水とは無縁の思惑がありありと窺えたのだ。

とはいえ、水はもうすぐそこまで来ている――。

どうにも拭いようはないのだが、予感、予言、予知と、どのような言葉を使うにせよ、そう呼ばれているものに自分が介在するのは、どこか道理でないような気がした。

あの男に思惑があるのなら、自分にもそれがあるに違いない。思惑を持った者の予感などどれほどのものであろう。誰ひとりとして絶対的な観察者にはなれない。

であるなら、この世に水読みなど存在しないというのが結論になる。どれほど自分を大きく見せようとしても、とどのつまり、おのれが一人の人間でしかないと知るだけだ。

しかし、そう思えば思うほど、彼の中に予感される水の水位は高まっていった。


一方、シラフはといえば、店の隅にある小机に向かってリストを作っていた。

「箱舟に積み込むものは、すべて君に任せよう」

村長にそう言われていた。

「余計なものは、極力、省いてほしい」

念を押されていた。

その「極力」がシラフには重いのだ。そもそも「極力」とか「省略」などといったものが自分の中にあったら、「よろず屋」など商うはずがない。「余計なもの」と簡単に言うが、普段どうということはなくても、大洪水に際して思わぬ効力を発揮するものだってあるのではないか？

たとえば、チョークはどうだ？　チョーク一本あれば舟の中が学校になる。黒板があればなおいい。そうなると、辞書や帳面も欲しいだろうし、退屈になったらチェスのひとつもしたくなる――いやいや、そんなものは余計かもしれない。でもアイロンなどは絶対にあった方が便利だ。洗面器とか、髭剃《ひげそ》りとか。それに、ナイフやフォークは村人全員の分が必要だ。喧嘩になったら面倒だ。となると、ティーセットはどうだ？　バターナイフとか、砂糖壺の問題もある。服なんかはどうするのだ？　そもそも、箱舟に乗って漂流することになるわけだから、いずれどこかに漂着して新生活を始めることになる。となると、やはり、靴とか帽子なども欲しくなる。いや、その前に小舟が必要だ。水着や写真機などもあったらいいだろう――記念になる。

シラフはリストがどこまでも膨れ上がっていくことに戸惑い、

（ノアの時代はよかった）

と羨《うらや》んだ。少なくとも、ブラームスの「交響曲第四番」のレコード盤・五枚組を、はたして積み込むべきか否か、と悩む必要はなかったのだから。

「この最新式ズボン・プレッサーというのは本当に必要なものなのか？」

リストに目を通した村長が苦言を呈した。

「あまりに重すぎる。こんなに何もかも積み込んだら、肝心の人間が乗れなくなる」

シラフは黙したまま村長の太鼓腹を見た。

「君は何のために舟を準備していると思うのか。君の店を丸ごと積み込もうというのではないのだ。私はこんながらくたと一緒に水底に沈むのだけは御免こうむりたい」

「しかし村長——」

シラフとしても言っておきたいことがあった。

「たとえば、スプーンなんかはあった方がいいですよね？」

「そう――まぁ、そうかもしれん」

「素手で食事をするより便利だからですね？」

「まぁ、そういうことだ」

「では、ズボン・プレッサーもきっと重宝します」

「そういうことではないのだ」

「村長はズボン・プレッサーがどれほど優れたものであるのか知らないのです」

「知っておる。ズボンがしゃきっとするやつだ。折り目なんかを出すやつだ。いいかね、シラフ。大洪水なんだ。死ぬるかもしれんのだぞ。私も君もな。そんなときにどうしてズボンの折り目など気にする必要があるのだ」

「いえ、村長。そうはおっしゃいますが、神の思惑というものは、しょせん、われわれのような者には分かりません。大洪水など来なくとも人は死にます。ある日、突然。私の父も母もそうでした。われわれは常に大洪水と隣り合わせに生きているようなものです。私はそう思っています。それでも、ズボンの折り目はきちっとしていたい。それが文明人というものです」

「いや、それはそうかもしれないが——」

村長は諭《さと》すように言った。

「水の力の前では文明などひとたまりもないのだ」

箱舟の建造が始まってひと月が過ぎようとするころ、白い歯の男にひとつの動揺が芽生えた。

彼はノーリス・アリアの村人たちがこれほど熱心に舟造りをするとは思っていなかったのだ。先のバリスタンでは何度も作業が滞り、計画を一から練り直す必要が生じた。しかし、ここではすべてが順調で、むしろそれを「怖い」というふうに彼は感じ始めていた。

おかしな話だが、こうして何もかもが予定どおりに進み、巨大といっていい箱舟が建ち上がっていくのを監督していると、来たるべき大洪水が舟を造らせるのではなく、舟が洪水を呼ぶこともあるのではないかと思えたのだ。村人の誠実さが、彼のその考えに拍車をかけ、これらはすべて決められていたことではないのかとも思い始めた。

だが、俺はノアではない。

そうではないのだ、と彼が誰よりも知っていた。

ひと月前、教会で会ったこの村の水読みの目が彼には忘れ難かった。あの目が、ふいに背後で光るような気がして、彼は何度も振り向くことがあった。


「そろそろ、次の村に行かねばなりません」

白い歯の男は村長に舟の設計図を渡し、

「あとは、簡単な作業を残すばかりです。驚くべきことでした。これほど短期間にあの大きな舟を建ち上げてしまうとは」

そう言いながら、やはり(怖い)と思っていた。村長の部屋の窓からは山が見え、灰色の雲に覆われてゆくのが見える。

「我らも驚いているのです。あのように巨大なものを自らの手で造り出すことができるなど、思ってもみないことでした」

村長は男に礼を言い、言葉だけでなく、男が手にするべき当然の報酬を手渡した。

男は白い歯を隠し、姿勢を正して報酬を受け取ったが、その意外なほどずしりとした重みになおさら動揺が強くなった。

「いや、私はお金のために働いたのではないのです」

男がそう言って報酬を村長の手に戻したとき、思わず肩をすくめてしまうような雷鳴がひとつ轟《とどろ》いた。

村長も白い歯の男も窓の外を見る――。

「雨だ」と男はつぶやいた。

窓に一粒の雨がはじけ、すぐにもう一粒、さらにもう一粒とつづいて、それからあとは見分けのつかぬほどのものが窓を強く叩き始めた。すさまじい音が二人の沈黙を囲い、男は自分の体が勝手に震え始めるのが分かった。

ついに怖れていたものが来た。

それが、まず何より「天から降ってくる」という事実を目の当たりにし、これまで自分が白い歯を光らせながら口にしたすべての言葉が、いま、天から降ってきて自分に突き刺さるのだと観念した。

「急がなくてはなりません」

男は白い歯を見せなかった。村長に深々と一礼し、飛び出すようにして雨の中に消えると、たちまち雨と音が白いカーテンのように村長に立ちふさがった。

痛いほどの豪雨の中に立ち、村長もまた「急がねば」と声をあげた。


すさまじい雨の音にタトイは身を強張らせたが、それはすぐにもほどけた。

「まだ大いなる水の気配は遠くにある――」

タトイには分かっていた。この雨はすぐにやむだろう。だが、そろそろ準備をしなくてはならない。この雨が別の雲を呼び、雲は雨となって次の雲を呼ぶ。そうしていくつもの雲が折り重なるときがくる。まるで誰かが集めたかのように。

「誰が?」とタトイは自問する。「これは一体、誰の思惑なのだ?」

次第に雲が切れていくのを見て取り、白い歯の男は大きくひとつ息をついた。

雨は冷たく体の芯にまで染み込んだが、そのうち太陽が顔を覗かせ始めると、(やはりあの報酬は貰っておくべきだった）と後悔もよぎった。

ずいぶんと歩いて、ようやく約束の場所に辿り着き、予定どおり革細工のような顔の男と落ち合った。

「うまくいったか？」

と革細工の男が言うのに、白い歯の男は、

「金は貰わずにきた」

とありのままを伝えた。

「どういうことだ？　バリスタンではあんなにうまくいったのに」

「いや、怖くなったのだ」

白い歯の男は首を横に振った。こうして辺境の村を渡り歩いて、「洪水が来る」と狂言しつづけることは、誰より自らの天を欺《あざむ》くことになる。

「それが怖いのだ。それに――」

それに、実際のところ大洪水がやってくるのは本当ではないのか？　自分にはそう思える。でなければ、村人たちが何の疑いを持つこともなく、あんなにも誠実に自分の言うことを聞くだろうか？

あれほどの巨大な舟を造ったりするだろうか――。

神の思惑が働いているに違いない。われわれは狂言を演じているつもりだったが、じつのところ、何かもっと大きな力に動かされていたのだ。

「分かるか？　欺かれていたのはわれわれの方なのだ。箱舟は造られるべくして造られたのだ」

白い歯の男の力説に太陽の陽がさした。彼はまぶしそうに天を仰いだ。

箱舟のまわりに村人が集まっていた。

シラフはリストを手にして走りまわり、

「まだ届いていない品物がたくさんあるのです」

と村長に報告した。村長は太陽を仰いで苦い顔をしている。そこにタトイが来ていないのも面白くなかった。

「水はいつ来るんだ――」

はたして水は来なかった。次の日になり、また次の日になっても。

三日目になって、店のことを気にしていたシラフは、「ちょっと様子を見てきます」と村長に言い残して箱舟を離れた。霜の名残のあるぬかるんだ道を足早に店まで戻ると、閉ざされた戸の前にタトイから注文を受けた本と、週に一度だけ届けられる新聞とが積み重ねられていた。おそらく、その日の朝の荷馬車で届いたのだろう。

シラフは白い息を吐きながら何気なく新聞を手にしたが、紙面の片隅に革細工のような顔の男と白い歯の男とが二人並んだ写真を見つけて、「あっ」と声が出た。

〈各地で大洪水の狂言。二人組の詐欺師《さぎし》捕まる〉

見出しが添えられていた。

二日後——。

神父の部屋で村長は笑っていた。

「なぜ、あの男は報酬を受け取らなかったのだろう?」

「怖くなったのではないですかね」

神父は唇を噛んでいた。

「それにしてもです——」

「箱舟のことかね?」

村長は窓から見える森に目をやった。そこにまだ箱舟がそのまま残されているのが、巨大な黒い影のように見える。

「あの箱舟が」

と神父も森を見ながら言った。その手に、あの小さな赤い本があった。

「あの箱舟が、なぜ、あそこにあるのか——後世の人々に語り継がれていくでしょう。しかしそうする中で、誰かがあの舟を自分の思惑に引き込むときがくるかもしれません。それきり事実は歪み、私たちがいまここで造ったり考えたりしたことが消えてなくなるのです」

「それはずっと先のことだろう。それでまた新しい物語がひとつ生まれるのであれば、それはそれでいいのではないか。私はむしろ、村の皆があれだけのものを造り上げたことを財産だと思いたい。それに、もし万が一、本物の洪水が起きたとしても、もうあわてる必要もないのだし」

「それはたしかに——」


シラフがいまふたたび黒い扉の前に立っていた。

「シラフです。本をお届けにあがりました」

そう言いながらノックをすると「はい」と返事があり、ドアが開かれると、いつもどおりの黒装束に身を包んだタトイが立っていた。

「どうぞ中へ」

言われるままシラフは暗がりの中へ足を踏み入れたが、前に来たときと何ひとつ変わっていないようだった。いきなり時間が逆戻りしたような気すらした。

「洪水が狂言だったこと——村長から聞きました」

タトイは語尾を曇らせ、少し置いて「でも」と言った。

「でも、水は必ずやってきます。たしかにあの男たちの言ったことは偽りでした。しかし、水はもうすぐそこまで来ています。村長にも、そうお伝えしたのですが、どうにも信じてもらえず――」

シラフはどう答えてよいものか分からなかった。

つい昨日のこと、タトイの祖父が、「タトイはいま水読みとしての節目にあり、気が乱れている」――そう言っていたと村長から聞かされたばかりだった。

「私は今夜、箱舟に乗り込みます」

タトイが不意にそう言った。

「皆さんもそうするべきです。なるべく沢山の人にこのことを伝えて下さい。明日にも水はやって来るかもしれないのです」

タトイの声にはいささかの澱《よど》みもなかった。シラフはしばらく黙していたが、

「そうだ――」

と思い出したように言った。

「このあいだ、箱舟の中で食べるための乾燥葡萄を作ったのですが、売りものにするのもなんですから、これから村の皆に配って歩こうと思っています」

そう言ってシラフは紙に包んだひと房をタトイに差し出した。

「種を抜いていませんが、大粒でなかなか旨いんです」

タトイがそれを受け取ると、闇の中にかすかな葡萄の薫《かお》りが漂った。


その夜――。

タトイは何も持たずに行くことに決めた。

ただシラフの葡萄だけをポケットに忍ばせ、誰が見ているわけでもないのに裏の戸口から静かに外へ出た。月明かりに映える小さな土手が目の前にあり、それを上って向こう側へ下りれば、あとは森まで一直線である。

行く手に箱舟の大きな青黒い影が見えた。なぜか息が苦しく、歩いても歩いても、なかなか箱舟に辿り着かない。

「あともう少し」

息を切らしながら何度も声に出してそう言い、まるで水に追われるようにしてタトイは舟を目指した。

翌朝、いつもどおりに神父は午前五時に起きた。

起きるとまずはカーテンを開け、山の雲を眺めて、その日の天気を占うのが習慣だった。

「うむ。本日は快晴なり」

そう呟き、ふと森に目を移して愕然《がくぜん》となった。まだ夢がつづいているのかとも思えた。

そこにあるはずの箱舟が消えている。

呆然としていると、おもての呼び鈴がけたたましく鳴り、すぐに小間使いがやってきて神父の部屋をノックした。

「村長様がお見えです。お急ぎの御用だとか」

夢ではないのだ——と神父はいまいちど窓の外を見た。

村長からの使いの報を受け、シラフはすぐさま黒い塔へ向かった。道すがら何度も森の方を確かめたが、たしかに昨日まであった箱舟の影はあとかたもなく消えている。

見上げる空には雲ひとつなく、青く澄んだ空気が広がっていた。

「タトイさん！　シラフです」

黒い扉を叩くようにノックしてみたが返事はない。

やはり、昨日の言葉どおりタトイは行ってしまったのだろうか？　あの箱舟にひとりで乗り込んで――。

一体、どこへ？　水は？　水は本当にやってきたのだろうか？

何度かノックをするうち、鍵がかけられていなかったのか、不意に扉が開き、

「タトイさん」

と声をかけたが人の気配はない。「お邪魔します」と部屋の中に足を踏み入れようとしたとき、部屋の中に横たわったものに気づいてタトイは凍りついた。

最初はぼんやりとしていた。隙間から漏れる外光に思えた。だがしかし、しばらく見ていると、その白いものははっきりとしたかたちを示し始めた。

等身大の人のかたちをしていた。

駆けつけたタトイの祖父はその白い人形《ひとがた》を見るなり首を横に振った。

「これは――タトイの抜けあとです。彼は自らその身を闇からひきはがしたのです」

老いた水読みは目を閉じた。

「彼は――行ってしまったのです」

老師はゆっくり闇を見回し、闇の中にはシラフと村長と神父の目が光っていた。

誰も何も言わなかった。

「葡萄の薫りがします」

老師がつぶやいた。


箱舟は山をふたつ越えていた。

舟底には黒装束のままのタトイが丸くなって眠っている。

乾いた葡萄のひと房がその胸にあり、眠りはまだ浅いのか、水が奏でるようなあの音楽が彼の頭の中で渦巻いていた。だが、もうその音を追いかける必要はないのだと眠りに引き込まれながら彼は思った。

ながらくつかみそこねていたものの中に、いま自分はいる。

もう何も怖れることはない。何を待ち望むこともない。すべては、この水のおもむくままに行けばよい。彼は水が心地よいと初めて感じた。

「さらばじゃ」

祖父の声だろうか。眠りの深みに落ち込んでゆく最後、彼は祖父のそんな声を遠くに聞いたような気がした。

「さらばじゃ、どこへでも行くがよい」

どこへでも——。

揺らぎもせず舟はゆく。空の鳥は見るだろうか。この舟が目には見えぬ水によって運ばれてゆくのを。

誰にも見えない大洪水——。

「それでどこまで遠くへ行けるだろう?」

葡萄をかじりながら、タトイはそう思った。

4

エピローグ

クリスマス――。

父と母の新しい本が完成し、夕方からささやかな会が催され、ささやかだけれど、大谷さんと円田さんも来てくれた。

わたしはサンドイッチづくりの担当で、昼間から台所に立ちっぱなしだったから、円田さんとゆっくりお話をしている間もない。

とっておきのワインが台所のテーブルに並んでいて、そのラベルが、どれもきれいでおいしそうだった。

「いいなぁ、大人は」

と、うらやましく見ていたら、

「ミルリトン、焼けたわよ」

突然、母がそう言った。

「え、そうなの？」

驚いた。母は一体いつの間にそんなものをつくっていたのだろう。

「ほら」と言いながら母はオーブンを開けてそれを出してきた。

いい匂い。生まれて初めて見るミルリトン。

「五時起き」と母は苦笑いした。

なにしろ、母は早起きが苦手なので、五時起きというのは記録的である。

わたしは急に皆に自慢したくなり、

「うちの母が五時起きで焼いたミルリトンというめずらしいお菓子です」

大きな声で宣伝して、皆さんが集まっているテーブルの上に置いた。

「世界でいちばんおいしいと言われているお菓子です」

母の説明ですでに知っている人も、「はじめて聞いた」という人も、皆いっせいに
「ほう」と声をあげた。「めずらしい」とか「世界でいちばん」とかいうことより、母が
「五時起き」でつくったことが、なにより驚異的なのだけれど――。

こうして大勢の人が集まったりするとき、わたしは人の輪をふっと離れて、ついたての裏や隅っこの暗がりのようなところに身を置きたくなる。そこで、皆が楽しそうにしている声を聞いているのが好きだった。

わたしは、なんとなくそれを自分で「猫のようだな」と思っていた。

猫って、どこかそういうところがある。

そう考えながら、皆の集まっている部屋をそっと抜け出し、縁側のある隣の部屋へ身をひそめようとしたら、そこに円田さんがいたのでびっくりした。

わたしと顔を合わせるなり、「しっ」とひとさし指を唇の前に立てている。

円田さんは縁側に腰かけていて、(こっちへ来て、庭を見てごらん)と身ぶりで示すので、わたしも縁側に腰をおろして円田さんが指差す庭の暗がりを見た。

と、そこに何やら黒いかたまりがあり、よく見れば、シンクではないか。

シンクがうちの庭までやってくるなんて、ずいぶんと久しぶりだ。どうやら縁側にいるわたしたちには気づかず、隣の部屋のにぎわいを気にしているようだ。

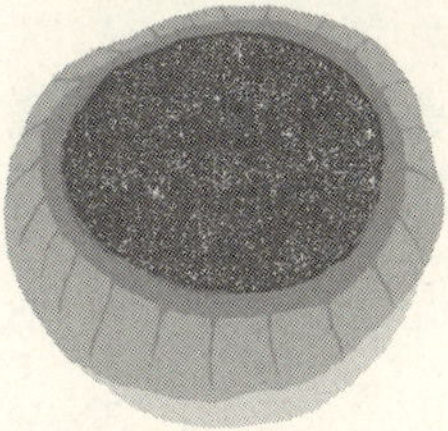

Mirliton

その様子を見ていて思い出した。

「そうだ。こないだ話が途中で終わって、気になっていたんですけど」

ひそひそ声で話してみた。

「あの――シンクがどこからやってきたのかという話」

「ああ、あれね」と円田さんも声をひそめている。

「円田さんはシンクといつどこで出会ったんですか？　考えてみたら、わたし、そのことをまだ聞いてなかったなぁって」

「うん――そうだね――シンクと出会ったときのことね」

円田さんは小さく咳払いをした。

「それはね――いつだったか、気持ちのいい昼下がりのことでね、たまたま、ある公園の池でボートに乗ってたんだよ。一人でね。のんびりと本なんか読んだりして。で、あんまりいい気分なんで眠ってしまったんだろうね。どのくらい眠っていたのか分からないんだけど、どこからか、誰かが僕の名を呼んでいる気がして、え？　と目を覚ましたら、誰もいない。なにしろ、池の上だからね。なんだろういまのは。夢か？　と頭を振ったら、ボートの中の足もとのあたりに何か黒い小さなかたまりが動いていて、最初はなんだか分からなかったんだけど、おそるおそる近づいて、そっとそいつに触れてみたんだよ。そしたら、にゃあって鳴いたんだ。黒猫だった。いかにも眠たそうな顔をしていてね。それが、シンクだった」

「それって、どういうことだったんでしょう?」

「分からない。ただ、シンクはとても疲れている様子で、ボートの隅に丸くなって、まるで長いこと漂流してきたみたいだった」

どういうこと? どこか遠くから流されてきたってこと?

「それにしても、シンクは」と円田さんは庭のシンクを見ながら言った。「音ちゃんの家の庭にも身をひそめていたんだね」

「今日は人が集まってるので——そういうところ——隅っこが好きなんですよ、きっと」

わたしはそこで、ふと思いついた。

「もし、シンクが、ここから——この、わたしたちがいるこの家から何かひとつおみやげを持って帰るとしたら、一体、何を選ぶんでしょうね？」
「ああ、なるほど。そうだよなぁ――」
円田さんはしばらく考えてから「そう、やっぱり」と言った。
「やっぱり、お母さんが五時起きで焼いたあのミルリトンだろうね」
ミルリトン――。
ということは、また、そこから考え始めなければならないのか？
ミルリトンとは、はたしてどんなお菓子なのか？
また最初からやりなおし。
でも、いいや、と思う。何度でも新しく考えなおそう。答えなんて出なくていい。
「また最初からやりなおし」って、すごくいい言葉だ。
わたしは、そう思う。

隣の部屋から、みんなの笑い声が聞こえる。

あとがき

　さて、いまわたしの手もとに、あの「謎の十六ボタン」があります。

「また最初からやりなおし──」

　そう呟きながら、円田さんとわたしは、もういちど最初から考えなおしてみることにしたのです。

「そう──たとえば、シンクがね、本当にどこか遠い場所から舟に乗って漂流してきたとするよね」

「はい」

「で、その漂流が、ちょうどひと月くらいかかったとして、シンクは、そのあいだの食料を、たまたま舟の中にあった葡萄でしのいだ、と考えてみたらどうかな？」

「あるいは、干し葡萄だったかもしれませんね」

「そうだね。それを何日かに分けて少しずつ食べた」

「それが——十六粒だった」

「そう。お腹の中にはその種が残り、頭の片隅にはそのときの記憶が残った。それでシンクは、この青いボタンが干し葡萄に見えたんじゃないかな」

「だから、少しずつ持ち帰ってきたんですね」

「きっかり十六粒だけ——いや、あるいは——」


こうしてわたしたち〈ミルリトン探偵局〉の推理は解決に致らず、どこまでもはてしなくつづいていきます。

きっと、次にお目にかかるときには、さらなる新しい推理が展開されるはずです。

また、答えは出ないかもしれませんが。

わたしは、この本をつくり始めたとき、

「夜の闇の向こう側には、人の行けない『猫だけが行ける場所』があるのでは？」

とぼんやり考えていました。

でも、お読みいただいたとおり、わたしの考えが辿り着いたところは、意外にも「人と人が結び合って、しっかり息づいている世界」ばかりなのでした。

それはやはり、この小さな本をつくるあいだに、わたしのまわりで、わたしを支えて下さった沢山の方々――皆さまの笑顔や言葉に心動かされてのことだったと思います。

深く感謝いたします。

よしだおん

解説

吉田篤弘

僕にはデビュー作が五つあります。

そもそも、「デビュー」の定義自体が多岐にわたってしまうのですが、ここで言うデビュー作は、商業出版――という呼び方はあまり好ましくありませんが――の範疇に限った話です。

初めて自分の文章が一冊の本として出版されたのは、『どこかにいってしまったものたち』(筑摩書房、一九九七年)でした。しかし、このとき僕は勤めていたデザイン事務所のルールで、個人仕事を禁じられていたのです。『どこかに――』は、丸々一冊文章を書いて、レイアウトや装幀まで担当したのですが、名前を出すことができなかったので、著者名はクラフト・エヴィング商會となり、僕にとっては、黒子に徹したゴースト・ライターとしてのデビュー作ということになりました。

クラフト・エヴィング商會の二作目である『クラウド・コレクター雲をつかむような話』(筑摩書房、一九九八年)では、事務所に申し出て許しを得たので、僕がテキストを書いたことが明記されています。ですので、これは初めて自分の名前がクレジットされたデビュー作と言えるかもしれません。

そうしたわけで、僕はデザイン事務所で働いていたのですが、常にノートを持ち歩いて小説を書いていました。子供の頃から小説家に憧れていたのです。七歳のとき、何度も読んでぼろぼろになった漫画本『タイガーマスク・第二巻』のフキダシを鉛筆で塗りつぶし、自分流のセリフを書き込んで、勝手に話を作りかえていました。ですから、商業出版以前の二次創作的デビュー作は、その『タイガーマスク・第二巻』ということになるでしょうか。出版物そのものを書きかえてしまうという、かなり乱暴な二次創作でしたが、おそらく、自分の書いたものが本の形を成していることにこだわっていたのでしょう。

十歳くらいになると、ノートを破って折りたたみ、ホチキスでとめて文庫本大の小冊子を作っていました。そこへ小説（らしきもの）をこつこつと綴り、そうしたことを僕は二十代を過ぎて三十代になってもつづけていました。

『どこかにいってしまったものたち』で、解説書を通して語られる不在品の数々は、そうしてひそかに書きつづけてきた自前の小説ノートから派生したものです。

『クラウド・コレクター』に至っては、何年もかけて書き継いできた長篇小説——ちなみにそれは「ゴールデン・スランバー」というタイトルでした——を元に書き上げたものでした。

『クラウド・コレクター』の最初の版（単行本）は写真やイラストが多数盛り込まれ、同時に刊行した『すぐそこの遠い場所』（晶文社、一九九八年）と連動した複合的な作品でした。フィクションではありましたが、純粋な小説ではなく、これもまた著者名はクラフト・エヴィング商會で、吉田篤弘ではありません。

そして、その次に刊行されたのが本書でした。

そのときのタイトルは、『Think』（筑摩書房、一九九九年）で、副題として、『夜に猫が身をひそめるところ』と付けました。

本書をご覧のとおり、著者名は吉田篤弘ではなく吉田音であり、さて、どうしてこのようなことになったのかというと、とにかく、普通の小説を書きたかったのです。

クラフト・エヴィング商會が著作物で試みたことは、いずれも「小説を様々なフォーマットで表現すること」＝「どのようにして物語を見つけ出すか」でした。最初の本は、「すでに商品そのものはなくなってしまったけれど、残された解説書や空き箱からどのような商品であったかを推察する」もので、次の本は、「架空世界に存在する二十一本の蒸留酒に、二十一のエリアを旅しながら出会っていく物語」でした。前者は架空の品々をめぐる考察で、後者は架空の国を旅してまわる旅行記でした。いずれも、「なくなってしまったもの」について語られ、眼差しはおよそ過去へ向けられていました。

それで、次の作品では未来へ視線を移し、「未来から送られてくる古本」というパラドックスをテーマにしました。本書が執筆されたのは、この作品――『らくだこぶ書房21世紀古書目録』(筑摩書房、二〇〇〇年)が、まだ連載中であったときです。クラフト・エヴィング商會は順調に新作を発表して展覧会を催し、相方の吉田浩美と共にデザインの仕事も手がけるようになりました。

しかしです――。

長らく裏方として本作りの現場に携わってきた経験から、自分たちのような者はすぐに飽きられて消費され、次なる誰かが現れて、席を奪われるに違いないと、いささか自嘲気味に予測していました。

それで、こう考えたのです。

その次なる誰か――すなわち、ライバルを創作してみようと。

ライバルとして最も手強いのはどんな人物かと考えた挙句、自分たちとどこか似たようなテイストを持った次の世代――自分たちの子供の世代から現れる新人ではないかと思い至りました。しかも、それが自分の娘であったら、間違いなくお手上げです。

最初は半ば冗談だったのですが、

「次にどんな本を作りたいか？」

と自問したとき、架空世界の絵空事ではなく、日常生活に根ざしたものを軸にしたいと思いました。いずれにしても、フィクションではあるので、絵空事であることは変わりないのですが、なるべく、「事実」と「現実」と「いま」を足場にしたかったのです。

そうした意図が、「娘が書いた本」というコンセプトに見合い、僕は担当編集者との打ち合わせでこう言いました。

「これまで、架空の商品、架空の旅行記、架空の書物を作ってきましたが、次は架空の著者を作ろうと思います」と。

かくして、吉田音が誕生しました。

ライバルですから、吉田音は母や父の創作術とは違う作法を持っています。それは、「猫だけが行ける場所」に思いを馳せるというもので、はたして、「考える」とはどういうことか？　と腕を組んでいるときに思いついたイメージでした。

創作において、なにより大事なのは「考える」ことです。

いえ、創作に限らず、人間の営むものは、すべて「考える」ことによって磨かれるはず——というようなことを夜の夜中にまさに考えていたら、「考える」が自分の頭を離れてひとり歩きを始め、部屋を出て庭を横切り、人間が通れない狭いところをくぐり抜けて見知らぬところへ抜け出す様が脳裏に浮かびました。その姿はまるで黒猫のようで、「考える」が小さな黒猫に化け、自分の「外」へと出かけて、未知の何か——あたらしい考え——を摑みとって帰ってくる——。

それで、猫の名前は「Think シンク」となりました。

本書の構成は、著者である吉田音の日常が描かれるパートと、黒猫のシンクが夜中に出かけていった先々で出会った「物語」のパートが交互に配されています。

日常パートが「推理」に当たり、物語は、その「推理」を裏切るかたちで「本当のところ」（本当らしきもの？）が描かれます。

復刊にあたり、ひさしぶりに旧版を読み返してみたのですが、推理の「解」となる三つの物語は、とても十三歳の女の子が書いたものとは思えず、とにかく小説を書きたくてうずうずしていた僕が、吉田音の設定から大きく逸脱して、書きたいように書いていることに、いまさらながら驚きました。

この本はまたしても自分の名前で書かなかった三つ目のデビュー作となり、刊行当時、僕が書いていることは伏せられ、あくまでも娘が書いているという設定で通しました。しかし、名は伏せられているものの、これこそ小説家・吉田篤弘のデビュー作と言ってよく、後に書くことになるいくつかの作品の原型が確かにここにあります。

自嘲という言葉を先ほど使いましたが、自嘲の先には悲観があり、もしかすると、これは自分が小説を書く最初で最後の機会かもしれない、という悲観がよぎりました。それゆえ、欲張ってしまい、「解」のパートの三つの短篇は、まったくテイストの違うものになっています。短篇のキャパシティを超えて中篇の域に達しているものもあり、ともすれば、長篇に発展しかねない勢いで書かれたものもあります。

幸いにも、小説を書く機会はこの後もあり、『フィンガーボウルの話のつづき』（新潮社、二〇〇一年）と『つむじ風食堂の夜』（筑摩書房、二〇〇二年）の二冊を同時に書くことになりました。刊行は同時ではありませんでしたが、執筆は並行して進められたので、この二冊を「双子のデビュー作」と僕は呼んでいます。ようやく、吉田篤弘名義による著作となり、このとおり五つのデビュー作を経て現在に至るのです。

今回、旧版を読み、（ぜひ、この本を読者の皆様にいまいちど届けたい）と思い立ったのですが、なにせ、右も左も分からない状態で書いたものです。誤謬《ごびゅう》、誤字もさることながら、オノマトペが多用され、人名も地名も頻出するし、いまとなっては時代錯誤な表現も見受けられます。ですので、この新版を作るにあたり、全面的にテキストを洗い直すべく改稿しました。自己採点の甘さには目をつぶっていただくとしても、四半世紀前の作品を、「いまいちど届けたい」と思えたのですから、（この先の二十五年も読んでいただけるものにしたい）と念じながら修正作業に励みました。できれば、旧版をお読みいただいた方にも、いまいちど読んでいただきたいし、その際に、リライトしたことを気づかれないような改稿になるよう心がけました。

そもそも、この復刊が実現したのは、旧版をお読みいただいた読者の皆様の声に動かされてのことです。トークショウやサイン会の場で、

「音ちゃんはどうしていますか？」

という質問を頻繁にいただいていました。

ファンレターが送られてきたこともあり、吉田音の存在を信じている方もいらっしゃれば、架空の著者であることをよくよくご理解していただいたうえで、「吉田音さま」と洒落たお手紙をくださる方もいらっしゃいました。感謝しかありません。

すでに二十五年も経ってしまったわけですが、ひとつも疑わない曇りなき心を持った皆様、および、快くだまされてくださった広い心をお持ちの皆様、この場を借りて、心より――こちらの心は少々くたびれて曇っているかもしれませんが――お礼を申し上げます。

ありがとうございました。

もうひとつ申し上げますと、旧版には坂本真典さんに撮っていただいた素晴らしい写真が物語の背景として添えられていました。今回はなによりテキストをお読みいただきたく、新たにイラストを描き下ろして、写真の代わりとしました。

また、旧版の文庫版には印刷工程上のエラーがあり、文字組が不揃いになっているものが、一部、流通してしまいました。もし、そのエラー版でお読みいただいた方がいらっしゃいましたら、いまさらなのですが、この場を借りて深謝いたします。申し訳ありませんでした。

そして、あたらしい読者の皆様には、吉田音という作者ごと、ひとつの物語として楽しんでいただけましたら幸いです。

この「ミルリトン探偵局」シリーズには、『世界でいちばん幸せな屋上』という続篇があり、そちらも同様に改稿した新版をお届けしますので、ぜひともお読みください。吉田音の「その後」や「近況」については、そちらの解説に書いてあります。

長い解説になってしまいましたが、最後までお読みいただき、誠にありがとうございました。つづきは続篇で！

二〇二四年　十二月　　猫が恋しい冬の夜

吉田篤弘

単行本『Think 夜に猫が身をひそめるところ』
（一九九九年一二月　筑摩書房）
文庫『夜に猫が身をひそめるところ Think ミルリトン探偵局シリーズ1』
（二〇〇六年一二月　ちくま文庫）
＊本書の刊行にあたり、全面改稿し、
イラストを描き下ろして再編集し、新たに解説を付しました。

中公文庫

夜《よる》に猫《ねこ》が身《み》をひそめるところ
――ミルリトン探偵局《たんていきょく》

2025年1月25日　初版発行

著　者　吉《よし》田《だ》　音《おん》

絵　　　吉《よし》田《だ》　篤《あつ》弘《ひろ》

発行者　安部順一

発行所　中央公論新社
〒100-8152　東京都千代田区大手町1-7-1
電話　販売 03-5299-1730　編集 03-5299-1890
URL https://www.chuko.co.jp/

DTP　平面惑星
印　刷　三晃印刷
製　本　小泉製本

Published by CHUOKORON-SHINSHA, INC.
Printed in Japan　ISBN978-4-12-207611-2 C1193

中公文庫既刊より

各書目の下段の数字はISBNコードです。978 - 4 - 12が省略してあります。

よ-39-1
それからはスープのことばかり考えて暮らした
吉田篤弘
路面電車が走る町に越して来た青年が出会う、愛すべき人々。いくつもの人生がとけあった「名前のないスープ」をめぐる、ささやかであたたかい物語。
205198-0

よ-39-2
水晶萬年筆
吉田篤弘
アルファベットのSと〈水読み〉に導かれ、物語を探す物書き。繁茂する道草に迷い込んだ師匠と助手――人々がすれ違う十字路で物語がはじまる。きらめく六篇の物語。
205339-7

よ-39-3
小さな男＊静かな声
吉田篤弘
百貨店に勤めながら百科事典の執筆に勤しむ〈小さな男〉。ラジオのパーソナリティの〈静香〉。ささやかな日々のいとおしさが伝わる物語。〈解説〉重松　清
205564-3

よ-39-4
針がとぶ Goodbye Porkpie Hat
吉田篤弘
伯母が遺したLPの小さなキズ。針がとぶ一瞬の空白に、どこかで出会ったなつかしい人の記憶が降りてくる。響き合う七つのストーリー。〈解説〉小川洋子
205871-2

よ-39-5
モナ・リザの背中
吉田篤弘
美術館に出かけた曇天先生。ダ・ヴィンチの『受胎告知』の前に立つや、画面右隅の暗がりへ引き込まれ……。さぁ、絵の中をさすらう摩訶不思議な冒険へ！
206350-1

よ-39-6
レインコートを着た犬
吉田篤弘
〈月舟シネマ〉の看板犬ジャンゴは、「犬だって笑いたい」と密かに期している。小さな映画館と、十字路に立つ食堂を舞台に繰り広げられる雨と希望の物語。
206587-1

よ-39-7
金曜日の本
吉田篤弘
子どもの頃の僕は「無口で」「いつも本を読んでいた」と周りの大人は口を揃える――忘れがたい本を巡る断章と、彼方から甦る少年時代。〈解説〉岸本佐知子
207009-7